JN256190

これって
オヤジめ
たわごと？

鯖江友朗

まえがき

オヤジとは何だろう。

漢字に直すと、親父となる。インターネット・サイトにある語源由来辞典には次のように説明してある。

「親父は、旧かなが「おやぢ」であることから解るとおり、「おやちち」が転じ語である。上代には男子の敬称として父を「ち（ぢ）」と言っていたため、転じなくても「おやぢ（おやじ）」となるが、男親を父と呼ぶようになって、生じた言葉なので、「おやちち」の転となる。

「おやじ」は「親父」のほか、「親爺」「親仁」とも表記される。

「親爺」は「おやじ」が老人をいうこともあることから、「親仁」は「仁」に「いつくしみ」や「おもいやり」の意味があり、おやじに敬意をあらわしたものと考えられる」

親しみがある呼称としてのおやじは、成長した息子が父に対し使うのがふつうだが、男の従業員が社長のことを、政治家秘書が自分の先生のことをおやじと言ったりもする。

由来などはさておき、親父、おやじ、オヤジを使った慣用句と言えば、

地震・雷・火事・親父

ダメおやじ

頑固親父（おやじ、オヤジ）

オヤジギャグ

オヤジギャル

オヤジ狩り

などが思い浮かぶ。地震雷火事親父はかつて怖いものの代表だった。しかし世相の変遷とともに、父親の権威は失われたようだ。これは男女同権・男女平等が叫ばれ始めたことと無縁ではない。とは言え、昭和四十年代後半に漫画でダメおやじが登場した背景には、家計を支える大黒柱としての父親の復活が望まれたからに違いない。その風潮の一端として頑固親父が残っているような気がする。だから今の時代、頑固親父を見聞きするのは、昔からの仕込み方法にこだわる居酒屋などだけなのだろう。

昨今、オヤジギャグやオヤジギャルという言葉を耳にする。ここでのオヤジにもかつての権威はない。あるのは一回り小さくなった、いわゆる庶民的な父親像だ。その意味ではオヤジが微笑ましい存在になっていると言えなくはない。

一方、オヤジ狩りの対象となるオヤジは、**オヤジ狩りをする当人と同じく**、取るに足らない存在となってしまう。その当人たちの心の奥底に、理想の父親像があるとも考えられない。

この物語には、二人のオヤジが登場する。二人はどんなオヤジなのだろうか。

彼らには「いつくしみ」や「おもいやり」があるのだろうか。会社や役所にいるオヤジと、いや、家にいる、隣近所にいるオヤジと、どこがどう違うのだろうか。こんなオヤジばかりだと、世の中はどうしようもないのだろうか。

この本を読み終わった読者には、『これって**オバサン**のたわごと？』として、もう一度中身を振り返ってもらいたい。つまり登場する二人の男を女にし、取り巻く環境などを少しだけ変更させる。

たとえば各章を別の日付にし、第一章の場面をホテルでのランチ・バイキングとし、第二章をＰＴＡ会合後の喫茶店にしてもいい。もちろんその変更は読者それぞれの想像力に委ねられるもので、著者が関与できるものではない。それだけはあらかじめここで断っておく。男女平等はさて置き、本編はオバサンのたわごととしても、なお意味が通じると思う。

読者からは、無責任かつ欲張りだと非難されるかもしれないが、本書一冊が二通りの情景を描くことができればいい、と夢想している。ただし、オジサンと対比すると、オバサンは腰が据わっている。「何をバカなことを言っているのよ」と言われる個所が多いと思う。そうすると、各章は相当短くなるだろう。

鯖江友朗

登場人物

山下洋行、会社員
内村真治、会社員

これってオヤジのたわごと？・◎目次

まえがき ―― 1
登場人物 ―― 4
第一レース　入院 ―― 7
第二レース　尊厳 ―― 22
第三レース　余命 ―― 42
第四レース　整理 ―― 57
第五レース　葬儀 ―― 70
第六レース　治療 ―― 81
第七レース　来世 ―― 99
第八レース　定年 ―― 122
第九レース　夫婦 ―― 134
第十レース　求愛 ―― 147
第十一レース　共生 ―― 164
第十二レース　曙光 ―― 182
あとがき ―― 192

第一レース　入院

午前十一時二十分スタート　ダート千四百メートル（外回り）（十二頭）　C三（七）（八）　サラブレッド系　一般　（一般競走）

月末と月初め、この両日は暦の上では年に十二回ある。しかし大みそかと元旦となれば、新しい一年が始まるという特別な日になる。

ふつうの家族なら年末までに大掃除を済ませ、おせち料理ができあがるのが大晦日で、その夕餉には年越しそばを食べる。そして来し方を振り返りながら除夜の鐘を聞き、新しい年の幸せを夢見ながら眠りに就く。元旦はゆっくりと起き、みんなでお雑煮を食べる。中には初日の出を拝みに出掛ける人もいるし、家族揃って近くの神社へお参りする人もいる。

近ごろの若者は慣習に縛られないと言うが、仲間と集まり、五、四、三、二、一とカウントダウンで年を越し、新しい年を乾杯で賑やかに迎えたりもする。

一方、温泉宿などへ出向き、新年をゆったりと迎える人たちもいる。さらには、御用納めから御用始めまでの期間を利用し、海外旅行を楽しむ人もいる。

ここに一人の男がいる。山下洋行、五十八歳。彼には妻がいて子供もいるので、大晦日だけはふつうの過ごし方をした。しかし新年を迎えた彼は近くのコンビニへ行き、スポーツ新聞を買ってきた。お雑煮を食べてから家を出るまで、熱心にその新聞の一ページをにらんでいた。赤のペンを使い、二重丸、丸、バツ、三角などを新聞に書き込んでいた。初詣は眼中にない。

時間が来ると、彼は自宅から駅まで黙々と歩き、電車に乗った。京急線の川崎駅で大師線に乗り換え、一つ目の港町駅で降りた。そして川崎競馬場へ向かっていそいそと歩いている。そう、川崎では元日から競馬が開催されるからだ。

正月早々博打かと顔をしかめ、彼を非難する人がいるに違いない。しかし事の推移を少し見守ってもらいたい。なお、主人公は彼だけではない。もう一人いる。

山下は競馬場の正門を通り抜け、左側の通路から馬場の方へ向かう。いつものように予想屋がブースを出している。売店からはもう食べ物や飲み物を売る声がする。彼には見慣れた光景だが、今日は人出が多い。

馬場が見えてくると正面にある大きな電光掲示板が目に入る。過去のレースが録画で流されているだけで、オッズ（馬の人気を示す数字で、百円の馬券に対する配当の倍率）表示はまだ出ていない。第一レースが始まるまでまだ三十分以上も時間があるからだ。

みんなと同じように、山下も今日は勝つぞと自分に言い聞かせて門をくぐってきた。しかし負けて帰るときには、まあ遊ばせてもらったなと思って出口へ向かうのが常だ。

山下はまず一服してからいつもの席へ行くことにした。近ごろは競馬場でも喫煙場所が定められている。

山下が競馬場に通う切っ掛けを作ったのは内村真治だ。彼は仕事を通じて内村と知り合いになった。年齢は彼の方が三つ若かったが、二人はすぐ一緒に飲むようになった。それがもう二十年以上も続いている。

最初は飲むだけの付き合いだったが、あるとき二人とも麻雀を打つことが分かり、彼らはお互いの友だちと一緒に卓を囲むようになった。居酒屋に四人で集まり、一杯やってから雀荘に行く。雀荘でもビールを飲みながらワイワイやる。

山下が麻雀に熱を上げるようになると、内村は、麻雀をするなら飲まないよ、と言い出した。雀荘は狭くて陽が当たらないし、座りっぱなしで不健全だとの言い分だ。もう一つ彼が麻雀を嫌った理由は、居酒屋から雀荘へ流れると、つい家に帰るのが遅くなるからだ。それでも二人は三ヵ月に一度くらいは一緒に飲んでいる。

二年ほど前のことだ。二人で飲んでいたとき、内村が山下を競馬に誘ってきた。

「競馬かよ」

と山下は胡散臭そうな反応をしただけで、その誘いを断った。彼には特定の馬を選び馬券（勝馬投票券）を買うことがなぜ面白いのか分からなかった。麻雀なら勝ち負けが経験と読みに左右されるので、結果を納得することができる。競馬の場合、馬の能力と騎手の駆け引きがレースを左右する。つまり勝負は完全に相手任せになる。それは遊びとは言えない。彼の言い訳はそんなものだった。

もう一つ山下が共感できなかったのは、ときどき電車に乗っている人が赤いペンを持ち、競馬新聞に印を付けているのを見ていたからだ。あの姿には賭博という露骨な雰囲気があった。麻雀も賭け事には違いないが、仲間内の遊びだという意識がある。声を掛けようとしても騎手や馬に自分の声は届かないけれど、麻雀は友だちとの勝負だから、バカ話をしながらでもできる。

二ヵ月ほどすぎたある日、二人は居酒屋で飲んでいた。麻雀をする予定はない。しばらく仕事の話をした後、内村がまた山下を競馬に誘った。

「洋ちゃんは、馬を見たことがあるの？」

「馬くらい見たことはあるさ」

「それって本物？　テレビでしか見ていないだろう」

「横浜に住んでいるから本物は見ないさ」

「本物を目の前で見てみなよ。でかいけれど可愛いよ。黒い馬も茶の馬もみんな綺麗でつやつやと光っている。真っ白いのもいる。大きな目でどんと構えているのもいれば、何となくそわそわして左右をキョロキョロ見ているのもいる。走りたくてうずうずしているのもいる。そんな馬が十数頭一斉に走り出す。砂を蹴る音がドドドッと近づいてくると興奮するよ」

「そこが分からないんだ。俺の娯楽は近場で一杯飲んで麻雀を打つだけで充分だ」

「洋ちゃんの家からだと、川崎競馬場までは電車に乗っても片道三十分くらいで行けるよ。それに競馬場は広くて明るいから解放感を満喫できる。晴れていれば、太陽の光を全身で浴びながら観戦することができる。しかも一レースごとにドラマがある」

「ドラマって何よ？」

「一番人気の馬が他の馬を次から次へと抜いていく。そして先頭を突っ走る。アッパレ、良くやったって感じで爽快だ。ときにはまるっきり人気がない馬が直線コースに入り、ぐんぐんスピードを上げて一着になる。そうすると僕もだけれど、みんなが悲鳴を上げる。四、五頭が横一線に並んでゴールになだれ込むこともある。こうなると場内は騒然とする」

「真ちゃんは相当入れ込んでいるな」

「一回だけ一緒に行こうよ」

「そんな余分な金はないね」

「いつもの呑み代で充分だよ」

内村の押しに負け、山下は一回だけ付き合うことにした。

最初は馬券の買い方さえ分からなかったのに千円ほど浮いた。呑み代と食事代で足が出たが、気分転換にはなった。ただし勝つも負けるも、騎手任せ、馬任せだという印象は変わらなかった。

次に内村が声を掛けてきたとき、山下はもう一回だけだと断った上で付き合った。それが彼の誤算だった。

第八レースのことだ。ゴール前の直線コースで、山下は、

「行け、そのまま行け！」

と、叫びつつ、右手を何度も振っていた。自分が買った馬二頭が一着と二着に入ったからだ。

「やったよ、真ちゃん！」

「すごいじゃないか」

内村は自分の予想を外していたけれど、笑いながら素直に喜んでくれた。しかも山下は結果的に呑み代を充分上回るほど勝った。それで競馬にはまってしまった。

その後二人はお互いに誘い合って川崎に行くようになったが、行くのは一ヵ月に一回だけだ。しかも水曜日にしている。なぜかと言うと、川崎競馬はほぼ一ヵ月に一度、月曜日から金曜日までの五日間だけしか開催されない。水曜日に仕事はあるが、午後三時ころから始まるナイターだと半日休むだけで行くことができるからだ。

そんな経緯があったのに、この四ヵ月間、二人とも川崎へ行っていない。

ところが暮れが押し迫ってから、内村が山下に電話を掛けてきた。元日に用事がなければ、久し振りに広

いところで遊ぼうよ、と言う。待ち合わせはいつもの場所。ゴールから三十メートルくらい手前にある階段の左隣にある椅子席だ。

電光掲示板が第一レースのオッズを表示し始めた。タバコを吸い終えて歩き出した山下は、本当に内村が来ているかどうか少し不安だった。階段の側からいつもの席を見ると、ちょうど彼と目が合う。

内村が右手を挙げて微笑む。山下も笑顔になる。

「よう真ちゃん。久し振りだな。顔色は良いじゃないか」

「ああ、何とかやっているよ」

「あのときほど驚いたことはなかったな。携帯電話が繋がらないので自宅に電話をしたら、奥さんが出て、真ちゃんが入院していると言うんだもの。どうして、と聞いたらクモ膜下出血だろう。二度びっくりした。最後に川崎に行ったときはぴんぴんしていたのに」

「あの三日後だよ。家に帰ってから、急に後頭部が痛くなったんだ。しばらく横になっていても痛みが続くから、カミさんが救急車を呼び、病院へ行った」

「それでそのまま入院か。俺も行ったことがある病院だったよな」

「そう」

「お見舞いもさせてくれないなんてひどいじゃないか。もうヤバイと思い、惨めな姿を見せたくなかったんだろう?」

「バレたか」

「そら見ろ。俺たちはそんな薄っぺらな関係かよ」

「違うよ」

「何がどう違うんだ？」

「くも膜下出血で手術をしたら、まず安静が第一なんだ。危険な病気ですと言われていたから誰にも連絡しなかった」

「会社の方は例外だろう」

「手術の前と後でカミさんに会社へ電話をさせたけれど、誰も来なくていいと言わせた。来るといっても、この病院は交通の便が悪いんだ。朝は便数があっても、昼からはバスが一時間に一便か二便しかない。それに仕事が終わってから来ても面会時間は八時までなんだ。会社の人間にそこまで無理をさせたくなかった」

「俺だってバスのことは知っているよ。でも俺の家からは二十分かそこら歩けば行けるんだぜ。退院前に顔ぐらい見てやったのに」

「今ここにいるんだから、もう許してくれよ」

「まあな。でも生還したんだから真ちゃんはすごいよ。インターネットで調べたら、くも膜下出血ってえらくヤバイ病気だぜ」

「芸能人がこの病気になるとテレビや新聞が取り上げるけれど、まさか僕が同じ病気になるなんて信じられなかったよ」

「この病気は病院へ行こうが行くまいが、頭がすごく痛くなったその日を生き延びるのは三人に二人しかいない。逆に言うと三人に一人はお陀仏だ」

「医者から症状の説明を受けたとき、何となくそんな雰囲気を感じた。早く来られたから良かったです、と言われた」

「俺だって背筋がゾッとしたよ。しかも一ヵ月生き延びるのが五割しかいないから、奥さんもしばらく気が気ではなかったはずだ」

「カミさんはそんな雰囲気をまったく見せなかったね」

「当たり前だよ。真ちゃんみたいに気が小さい旦那を持つと、気弱なところは絶対に見せられないさ」

「僕はいつも泰然自若としているよ」

「手術中だって、奥さんに手を握ってもらっていただろう」

「部外者は中に入れないよ」

「冗談だよ。でもね、十年生き延びる人は二割くらいしかいない」

「つまり五人に一人か?」

「心配するなよ。今の真ちゃんなら、二割に入っているさ。憎まれっ子、世にはばかると言うからね」

「洋ちゃん、それって僕を安心させているの、それともけなしているの?」

「もちろん両方さ。結局、入院が一ヵ月弱と自宅療養が二ヵ月近かったんだよな」

「何もすることがないから結構つらかったよ」

「贅沢なことを言うね。まあその顔付きで、そのずうずうしい物言いだと大丈夫だな。良かった、良かった」

「僕だって今お陀仏になるわけにはいかない。それはそうと、洋ちゃん。僕が病院に検診に行っているとき、また電話を掛けてカミさんにいろいろ聞いただろう」

「たまには綺麗な奥さんの優しい声が聞きたいからね」

「やっぱりそうか」

「インターネット情報だと、退院した後でも決して安心できない場合があると書いてあったから、様子を聞こうと思ったのさ」

「手術前と手術後で変わったことはないか、としつこく聞いただろう」

「ひどいな。それって本当に奥さんが言ったの？」

「まあどっちでもいいじゃないか」

「俺はちゃんと説明したつもりだよ。脳内出血があると後遺症が出ることが多いんだ。言語障害が出たり、体の左側とか右側の手足が動かせなくなったりすることもある」

「それって半身不随のことだね」

「ああ、絵に描いたようにと言うのも変だけれど、顔を含め片方が動かないから、片麻痺とも言うらしい。その他にもご飯を食べるとき、箸がちゃんと持てなくなる人もいる。頂部硬直という首を前に曲げにくくなる症状が起こったりもする。でも奥さんが、まったくよどまないで、特に変わったところはないみたいです、と言ったから安心した。障害が何もなくても、あまり無理をしない方がいいな」

「医者にも言われたけれど、無理をするって何のことか分からないよ。仕事のストレスはあるけれど、それで急激に血が頭に上りはしないだろうし、力仕事だってしていない。ふつうの生活をしていてこうなったんだからね」

「それはそうだけれど、やっぱり高血圧で脳の血管に負担が掛かっていたんじゃないのか」

「たしかに高血圧とは言われていたよ。でも経過観察だったんだ」

「薬は飲まなくても良かったのか？」

「そうだよ。でも洋ちゃんがそこまで気を遣ってくれるなんて、大発見だね」

「当然じゃないか。飲み友だちがいなくなると、外に出る言い訳ができなくなる」

「結局それだけか」

「真ちゃんは今課長補佐だろう。早く課長になって、ゆっくりさせてもらえよ」

「うちは課長予備軍が多いから、そう簡単にはいかないよ。しかも課長になると仕事がきつくなる」

「そうは言っても、奥さんだって課長になって欲しいはずだ」

「カミさんはそんなことを言わないよ」

「口にしないだけだよ。真ちゃんみたいに官舎に住んでいると隣近所の手前があるから、奥さんも気にしていると思うよ」

「それで思い出したけれど、頭が痛くなったとき、カミさんは隣近所のことでグチリ始めていたんだ。だから最初は僕が頭痛を口実にその場を切り上げようとしていると思ったらしい」

「グチだって誰かに言わなければ、奥さんは欲求不満になるぜ。でもグチを聞くのは結構つらいよな。同じことの繰り返しが多いし」

「でも痛みがひどそうだと気が付いて、すぐに救急車を呼んでくれた」

「当然だろう」

「その後僕は驚いたよ」

「どうして?」

「カミさんが化粧をし始めたからだ。こっちはもう着の身着のままで行くつもりなのに、化粧だよ!」

「でもそのくらいの時間はあるじゃないか」

「僕は死に掛けていたんだよ」

「それは後で分かったことじゃないか。女は化粧するときすごく真剣になるだろう。奥さんは鏡に向かうことで自分の気持ちを落ち着かせていたんだと思うな」

「僕のところはマンションだから、下の入り口まで降りて待とうよ、と言ったら、救急隊員が来るまで動かないで、と叱られた」

「それこそ奥さんが冷静だったという証拠だよ。とにかく頭がヤバイときは動かない方がいいんだ。真ちゃんは奥さんにちゃんと感謝したのか？」

「まあ、それなりにね」

「真ちゃんの手術は頭の骨を切らないで、カテーテルを使ったんだろう？」

「そうだよ」

「頭の骨を切るならゾッとするけれど、カテーテルでも何となく気持ちが悪そうだな」

「初めてだから気持ちが悪いとか悪くないとか考える余裕はなかったよ。太ももから動脈に管を入れ、その管を脳まで届かせ、管の先からコイルを血管の出っ張った穴に入れ、その穴をふさぎますと説明された。血液検査なら腕の静脈から血を採るだろう。動脈だと言われたときにはドキッとした」

「血液検査を受けるときは静脈に注射針を刺すだろう。そのときだって本当に血が止まるのかと心配するのに、ピクピク動いている動脈に針を突き刺すなんて最悪だ。まさかしっかり血止めをしてくださいとは言っていないよな？」

「不安だったのは事実だよ。だって太ももから頭まで一メートルも離れているじゃないか」

「胴長短足の真ちゃんだとそうなるな」

「洋ちゃんに言われたくはないね」

「とにかく今の医学はすごいよ。直径二ミリメートルのカテーテルを頭まで届かせ、次に〇・五ミリメートルの管を伸ばし、その先端からコイルを入れる。コイルはプラチナらしいから豪華な手術だったね」

「売れるほど入ってはいないよ」

「それはそうだ」

「今になって思うけれど、あれだけ長いカテーテルが途中で引っ掛からなかったことに驚くよ」

「真ちゃんは神経が図太いから、血管も太いんだ」

「そうなの？」

「ウソだよ。レントゲンでカテーテルの位置を確認しながら、遠隔操作で少しずつ入れていくらしい」

「よくそんな細かい仕事ができるね。脳外科の医者はまるで腕の良い細工職人みたいだ」

「血管に管を入れるのだから失敗もあるらしい。途中の血管を傷付ける可能性もあるし、目的の場所に到達しても、そこでの操作を誤ることもある。危険が伴うから手術の前にその危険性の説明を受けたはずだよ」

「そう言えば署名する書類がいくつかあった。いろいろな薬を使うので薬の副作用の同意書や、麻酔の使用についての同意書にも署名したよ」

「手術をするときは、カテーテルを入れる場所から発生する感染症にも気を付けなければならない。感染症と言えば、真ちゃんの例に当てはまるかどうか知らないけれど、虫歯菌も気を付けなければダメだって」

「へぇー、そうなの。何やかやと言われても署名は拒めないよ」

「拒否できる場合もあるさ。ただ真ちゃんの症状で署名をしないと、はい、さようならだ」

「そんなに早くあっちの世界に送るなよ。今になって思うと、何でもいいから必要なことをすぐして欲しかったな。先生の話を真剣に聞き、理解したのかどうかなんてもう覚えていない」

「生存率が低いのに生還したからすごいよ。真ちゃんの前世はよほど良かったのかな？」

「前世で善行を積み重ね、たくさんの喜捨をし、現世でも人徳と人情の内村だから、神さまも見捨てたりはしないよ」

「神さまだって手落ちがあるだろう。単に人違いをしたかもしれないぜ。だって真ちゃんは中性脂肪とか悪玉コレステロールの数値が高いと言っていたじゃないか」

「まあちょっと気にしていた」

「外見だと俺の方が太っている。俺は毎日タバコを吸うし、酒も飲む。となると、真ちゃんは性格が悪いからくも膜下出血になりかけたのかな？」

「今言ったじゃないか。人徳の内村だから生還したの。そう言えば、カミさんに食べ物のことも言ってくれたね」

「ああ。俺はこう見えても食べ物には気を付けている。まず好き嫌いはない。肉は好きだけれど、肉より魚が好き。健康診断の結果は、毎年オールＡだぜ」

「だからマグロやカツオに青身魚の刺身、ネギ、タマネギ、納豆とキムチやぬか漬けを食べろということだろう」

「みんな血をサラサラにするからさ」

「でも僕は肉が好きだ」

「肉を食うとき、必ず野菜や漬け物も食べればいいじゃないか」

「そんなことを言っても、野菜が嫌いだし、焼き肉やから揚げに納豆は合わないよ」

「真ちゃん。そんな言い訳はもう通用しないぜ。体が大切だから、食べ合わせに気を付けなよ。食事のバランスを考えてマイナスが一つあるなら、少なくとも他にプラスを一つ加えるようにすればいいじゃないか」

「はい、はい。実は電話をもらってから、カミさんが献立には気を付けてくれている」

「うまいものを食って、笑って楽しく過ごそうよ」

「人生は面白おかしく生きないとダメだからね」

「つまらない仕事でも、仕事をしないと収入がない。それに同じ仕事をしていたって、気が乗って楽しいこともあるじゃない。毎日毎日のことだから、俺たちはまずしっかり仕事をし、うまいものを食べ、うまい酒を飲もうよ。飲み食いを目的にして生きることだっていいじゃないか」

「まあね。生き甲斐があると、人生はもっと楽しくなる」

「それはそうだ。でも中々高尚な生き甲斐が見つからないから、俺たち庶民はあくせく働き、ブツブツ言いながら暮らしている」

「洋ちゃん」

「何だよ?」

「つくづく思うけれど、こうして広い場所に来て座っていると、やっとふつうの生活に戻った気がする」

「ふつうの生活が一番さ。俺も真ちゃんに悪いと思ったから、先月も先々月もレースには来なかったんだ」

「結構熱を入れていたのに悪かったね」

「仲間がいないと何をしても面白くないよ。まあ、今日はご老公さまに復帰第一戦を勝利で飾ってもらおう」

「洋ちゃん。僕の方が三つ若いことを忘れているだろう」

「いいの。俺の方が元気だということは間違いないんだ。だから今日は俺も勝たせてもらう」

「洋ちゃんの予想は夢想だからダメ。僕のような研ぎ澄まされた感覚が必要なんだ」

「研ぎ澄まされた感覚にしては、血の巡りが悪かったんじゃないか。でも今日はご老公さまの復帰初舞台だから頑張ってくださいませ」

「冗談はさておき、そろそろ時間だから馬券を買いに行こうよ」

「うん」

二人は電光掲示板のオッズを見ながら、新聞の予想と比較し、買う馬を決めた。

内村が立ち上がり、歩き始めた。内村に以前と変わった感じはない。山下は微笑みながら彼の後を追った。

一番人気は十番のレインハート、二番目は十二番のブラウンセイバー、三番手は七番のラブアンドグローブで、それに一番のビートラッセルが続く。山下は十番を軸に、人気が薄い十一番のヌードゥフランスと十二番のワイドを買った。内村は十番のレインハートを複勝で買った。

結果は一着八番藤江渉のリコーショッカー、二着二番石崎隆之のブラックマイウェイ、三着十番山崎誠士のレインハートだった。

六百円を紙くずにした山下は、「七番人気が来るか」と毒づいた。

内村は笑っている。二千円使って八百円浮いたからだ。

第二レース　尊厳

午前十一時五十分スタート　ダート千四百メートル（外回り）（十二頭）　C三（七）（八）　サラブレッド系　一般（一般競走）

「真ちゃん、もうお酒は飲めるのかい？」

「ああ飲んでいるよ。三杯くらいにしている」

「じゃあ復活と新年を祝って一杯やろうか？」

「まだお昼だけれど、たまにはいいね」

「よし、決まった。場内にある飲み物は高いから、俺が外のコンビニで買ってくるよ」

「洋ちゃん、三回も来られなかったんだから僕が行くよ」

「今日はお祝いだから任せなよ。俺はビールとハイボールにするけれど、真ちゃんは？」

「じゃあ僕はビールと緑茶割りにする」

コンビニから急いで戻った山下は、内村に飲み物とツマミを渡し、二人はビールで乾杯をした。

「うまいね。真冬のビールは冷たすぎるかもしれないと思ったけれど、それほどでもない」

「うん、本当にうまいよ。こんなに天気が好いからな」

山下はかぶっていた帽子を脱いだ。本心ではいつもどおりビールを口にする内村を見てうれしかったのだが、そこまで言うのは面映ゆいと思った。

「ここに来るまでは病気の話はしないようにと決めていたのに、つい病気の話をして済まなかったね」

「洋ちゃん。もう退院したんだからそんなことを気にしなくてもいいよ。それに、歳を取ると誰だって体調のことを気にしているんだから仕方がないよ。僕の同僚は、仕事を終えて一杯飲むとき、必ず錠剤を二個口に入れている。洋ちゃんは薬を飲まなくてもいいのか？　以前ブツブツ言っていた膝はどうなの？」

「たしかに去年の春はひどかった。家を出て職場に着くころには左膝がジンジンと痛み出し、昼間も痛みが続いたから、真ちゃんが入院していた病院に行ったよ」

「それで？」

「レントゲンには何も写らない。気になるからＭＲＩ（磁気共鳴画像）検査もしてもらったけれど、画像には何もおかしいところがなかった」

「良かったじゃないか」

「良くはないよ。原因が分からないから、お金と時間が無駄だった」

「本当に痛みがあったのに、原因不明だと納得できないよね」

「まあ整形外科の先生が綺麗だったから、それがせめてもの慰めだ」

「女だったのか？」

「そう。しかも三十歳くらい」

「膝を触ってもらったとき、先生、もうちょっと上もお願いします、とちゃっかり言っただろう？」

「俺は紳士だから、目の保養をさせてもらっただけさ。まあ自分の病気だと選択の余地はないけれど、病院には行きたくないね。左を見ても右を見ても、病人だけしかいない」

「看護師がいるじゃないか」

「真ちゃん。いくら俺だって、看護師を見るために病院には行かないよ。病院の内部は明るいし、見た目が好い看護師などもいるけれど、全体の雰囲気が暗い。その落差が嫌だね。しかも周りを見渡すと、俺たちの年代が非常に多い。本当に気が滅入るのは、入院している子供を見たり、ベッドに寝たまま検査を受けに行ったりする患者を見るときだ。本人が目を開けていればまだいいよ。でも酸素吸入器を付けていることもあるし、顔色が悪くて、まったく意識がなさそうな人を見るとこっちもつらくなる」

「僕も動くことができるようになってから周りの人を見たよ。体が動かない患者がいることにも気が付いた。本人には同情するけれど、一週間に三度も四度も病室通いをしなければならない家族もいるんだ。それもきついだろうね」

「完全看護でも洗濯物の交換は必要だし、自分の家が病院の近くにあるとは限らない。遠くから通うのは家族にとって負担になるよ」

「今回、体が動くというのはすごいことだとよく分かったよ。医者に、もう大丈夫だから歩きなさい、と言われたとき、立とうとしたら、最初は膝がふらついてダメだった。あれには驚いた」

「それは真ちゃんがずっと安静にしていたからだよ。寝たきりを続けると、体の筋肉は全体的に痩せてくる。特に足の筋力は、安静一週間で二十%、二週間で四十%、三週間になると六十%も落ちると言われている。だから足がどんどん痩せてくる」

「マジにヤバイね」

「しかも運動量が少ないままの状態が続くと、心臓や肺も必要最低限の動きしかしなくなる」

「じゃあ安静を続けるのが必要だとしても、刺激がない分、ああ、この程度の動きをすれば充分なんだということになり、体の適応能力が下がるんだね」

「そういう反応を廃用症候群と言うらしい」

「はいようって？」

「廃止の廃に、使用の用。俺たちの一週間を振り返ってみなよ。ときには外回りをすることがあるけれど、基本的には事務所でちょこちょこ動き回っているだけだぜ。だから週末には少しでも運動をして、心臓と肺に刺激を与える方がいい。真ちゃんは何かしているのか？」

「何もしていないよ。そう言う洋ちゃんだって家でゴロゴロしているだけじゃないの？」

「当たり！」

「何だよ。洋ちゃんは口ばっかりじゃないか」

「俺も面倒なことは嫌だよ。外に行くと言えば、女房の買い物に付き合うくらいだな。理想と現実には違いがあるってことさ」

「ところで洋ちゃん、病院で見た意識がなさそうな患者は、もう何も治療ができないのかな？」

「真ちゃんが見たのは、ベッドに寝たままの患者がどこかへ移動しているときだろう？」

「僕はずうずうしいけれど、他人の病室にまで入ったりしないよ」

「それなら単に目を閉じて、検査室まで移動しているのかもしれない。痛みがあったり、気分が悪かったりすれば、目を開けていないこともあるだろう」

「必ずしも末期症状になっているとは限らないか。でも意識がなくなると、それほど長い時間は残されていないよね」

「植物状態になっても例外的に長く生きる患者もいるよ。ただどんな病気になっているかが決め手になるな。真ちゃんは意識があったから良かったんだ。さっきも言ったようにクモ膜下で出血がひどければ、秒読みでないにしても、時間の問題だ。俺が仕事の関係で長い間お世話になった人の場合は肺の病気だったけれど、意識がなくなりかけてからは短かったね」

「一週間くらいか？」

「その人は三ヵ月くらい入院していて、俺は二週間に一度はお見舞いに行き、話をしていた。あの人と最後に話をしたのは金曜日の夕方だった。危篤だという知らせを受け、慌てて行ったら、駆け付けたみんなに囲まれて笑っていたんだ」

「応急処置が功を奏したんだね」

「でも俺は気になったから、月曜日の夕方にも病室に行った。奥さんによれば、その日の朝から意識がなくなったそうだ。そして火曜日の昼前に亡くなられた」

「やはり意識がなくなれば最期が近いという証拠だね」

「ろうそくが短くなり、炎が消える間際に少しだけ輝くってよく言うじゃない。彼のあの笑顔は最後のきらめきだったな」

「そういうきらめきは見たくないね」

「今でも目を閉じたままの彼の姿が目に浮かぶよ。顔色も悪くて、誰が声を掛けてももう何の反応もなく、奥さんが側に座り、両手で彼の右手をさすっていた。奥さんの後ろ姿が痛々しかったね。あの場面を思い出すと、今でも胃液がグッと喉元まで上がってくるような気がする」

「自分で言うのは変だけれど、僕にもその場の雰囲気が感覚的に分かるよ。でも昏睡状態が二日くらいなら、本人にとっても、奥さんにとっても良い終わり方だったね」

「俺もそう思う。長期入院は嫌だな。最長でも一週間くらいの入院で、さようならにしたい」

「家族のことを考えても、それが一番だよ。植物状態になったりしたら、最悪だ」

「真ちゃん、問題はそこさ。だから俺はこの前インターネットで探したよ」

「何を？」

「俺より若い真ちゃんが危険な状態になったから、俺も何か準備をするべきだと考えたのさ」

「準備って何？　遺言か？」

「そんなもんじゃないよ。遺言なんて財産がたくさんあり、先妻や後妻の子供が何人かいたりしなければ意味なんてないさ」

「そうだよね。洋ちゃんの場合、飲み屋の支払いが残るくらいだ」

「俺、どこにも借金はないよ！」

「じゃあ何を準備するの？　あっ、分かった！　生命保険か」

「バカだね。今ごろ新しく保険に入っても遅いよ。それにもう女房がたくさん加入している」

「じゃあ何よ？」

「俺は植物状態になったまま生かされたくないし、家族に迷惑を掛けたくない。だから尊厳死を選ぶ」

「そんげんし？　何よ、それ？」

「俺は誇りと威厳を持って死ぬってことさ」

「ええっ！　それってヤバイ状態になりたくないから、意識があるうちに死ぬってこと？」

「真ちゃんは自殺のことを思い浮かべただろう」

「他にないじゃないか」

「自殺をすることじゃないよ。尊厳死は植物状態を想定し、家族と医者に延命措置をしないでくれ、と本人が前もって意志表示をすることさ」

「延命措置を止めるのは、安楽死だろう」

「安楽死は尊厳死の一部だよ。安楽死というのは、本人が耐え切れないほど苦しみ続けているとき、本人が早く楽にしてくれと言っている場合に手を貸すことだ」

「洋ちゃん。安楽死ってもう認められているのか?」

「薬で死を早めさせたり、人工呼吸器を外したりすることは、まだ法律に違反する。家族に頼まれ、医者が死期を早めれば嘱託殺人が成立する。家族が手を貸してもダメだ」

「他に方法はないじゃないか。それなら安楽死なんて無理だよ」

「ところが裁判所の判例で認められた六つの要件をすべて満たせば、安楽死が成立すると言われている」

「それって曖昧な言い方だね」

「まだ議論が続いているからだよ」

「六つの要件というのはどんなの?」

「回復の見込みがない病気で死期が迫っていて、つらい痛みがあり、痛みから解放されることを目的にし、本人が早く楽にしてくれと意志表示をし、家族や近親者ではなく医者が、倫理的に妥当な手段で措置を取ることさ」

「意思表示ができない状態なら、多分、体も不自由だろうし、自殺だって無理だよね」

「真ちゃんもユートピアのことを聞いたことがあるだろう」

「たしかイギリスのトマス・モアが提唱した理想郷のことで、昔の中国で言われた桃源郷と同じじゃないの？」

「ユートピアは彼が書いた本の名前で、架空の国のことなんだ。そこでの生活は桃源郷での生活とは相当異なっている。モアは、ユートピアにいて不治の病気に冒されたら、自分の意思で死ぬことができるし、自発的に他人に頼んで苦しい生から解放してもらうことができると言っている。キリスト教では自殺を禁じているのに、敬虔な信者だった彼が世の中に一石を投じた意味は重い」

「どうして自殺をすることができないの？」

「キリスト教の場合、自分に命を与えてくれたのが神さまだ。だから自殺をすることは、神さまに背き、信仰を捨てることと同じなんだ」

「教会の人に知られなければいいじゃないか」

「違う。誰に知られないとしても、自殺したら自動的に教会から破門され、神さまから見捨てられたことになる。みんなそういうふうに教えられているから、神父などに知られるとか知られないという問題ではないんだ」

「つまり自殺は神さまから見捨てられることを覚悟することになるのか？」

「本当に自殺をすれば、その人は天国へ昇ることを拒否され、地獄へ落ちると説かれている。イタリアの詩人ダンテが書いた神曲によると、自殺者はずいぶんとひどい仕打ちを受けることになっている」

「どんな仕打ちよ？」

「自殺した人は地獄へ行き、そこで節くれだって曲がりくねった木になる。怪鳥が飛び回っていて、その木の葉をついばむんだ。そのたびに自殺者は痛みで叫び、枝が折れると血を流すらしい」

「神曲が描いた地獄は想像の世界のことだろう。今の僕たちはそんなことを信じないけれど、当時の人たちはそれを信じたのか？」

「実際、神曲は当時のヨーロッパで相当広く読まれたらしい。日本人は平安時代に書かれた源氏物語を高く評価しているだろう。神曲はそれを超えるほどヨーロッパの人たちに影響力があったし、現代でも影響力があるらしい」

「ダンテはいつごろ神曲を書いたの？」

「神曲は十四世紀の初めに書かれている。そしてモアがユートピアを提唱したのは十六世紀の初めだ」

「広く読まれていたのなら、当時は教会のミサでも神父が神曲を引用したんだろうね」

「そうかもしれない。自殺の他にも悪い行いが並べ立てられていて、その罪を犯した者には、地獄でそれぞれ別の苦しみが与えられると彼は書いている」

「悪いことをするなという教訓の一部にしたとしても、嫌な世界を創り上げたもんだね。そうすると、自殺に関してはモアが言ったことは画期的だね」

「自殺者に対し、救いを与えたからな。ただしユートピアでの宗教は純粋なキリスト教じゃないらしい」

「何なの？」

「相当キリスト教に近いものらしい」

「地獄はどうなるの？」

「真ちゃん。雑学なんだから、もう勘弁してくれよ」

「洋ちゃんもそれ以上は知らないということだな」

「ところで日本にもキリスト教が伝わっていたので、自殺をしてはいけないという教えは広まっていたんだ」

「フランシスコ・ザビエルが日本で布教を始めたのは鉄砲が伝来したころだよね」

「うん、十六世紀の中ごろだ。真ちゃんも、細川ガラシャだけでなく、キリスト教に影響を受けた戦国大名が相当数いたのを知っているだろう。その一人が小西行長だ。関ヶ原の戦いで徳川家康が率いた東軍に敗れた小西は、〝キリシタンゆえ自害はできぬ〟と言い、東軍に名乗り出ている。それから斬首された」

「侍の美学よりも信仰を優先させたってことか。となれば、十字軍に参加したキリシタンが戦闘で大けがをした場合、味方がとどめを刺すことはできないのかな？」

「キリシタンだと失血死や心臓が止まるまで待つしかないだろうな。モアの言うとおりにするなら、自決するか、仲間に頼んで自決に手を貸してもらうことができる」

「僕は復帰したし、もう健康を取り戻している。死ぬ手段を前もって自分の意志で決めるのは嫌だよ」

「モアが言いたかったのは、自分の生と同じように、死についても自分に選択する権利があるということだ。だから俺は尊厳死を選ぶことに意味があると思う」

「さっき洋ちゃんが言った知り合いの人は、薬で痛みを抑えていたのかい？」

「あの人は亡くなる一ヵ月前くらいから痛がっていた。でも強い薬で痛みを和らげると、意識がぼんやりするから嫌だと言って、投薬をできるだけ拒否していた」

「なるほどね。投薬も痛し痒しだったわけだ。その意味では僕も単なる延命治療は拒否する。だから洋ちゃんの言っている尊厳死の意図は分かる。でもそれでいいのかな？」

「どういう意味よ？」

「尊厳死が広まっていくのは良しとして、病気で寝たきりになった人の立場はどうなるんだろう？　意識があるときに尊厳死を強要されたりはしないのかな？」

「真ちゃんも中々鋭いね。尊厳死の議論は今も続いている。ある人たちは、感情や意思を表すからこそ人として認められ、人としての権利を主張できると言う」

「逆に言うと、自分の権利を自分で行使できない状態になれば、本人が前もって結末を受け入れるべきだという考えだね」

「だから尊厳死賛成派は、本人が自主的に延命を拒むことを認めるために、尊厳死を法律で定めて欲しいという活動をしている」

「じゃあ反対派は、どんな病状になっても、病人から生きる権利を奪ってはいけないという立場だ」

「命は自分だけのものだと主張しているので、最期が近づいていても、第三者が他人の命を左右してはいけないと言っている。したがって人工呼吸や点滴による栄養補給が病人の命を維持しているだけだとしても、それが当然の救命支援措置だと考えている。そうすると自然死を待つという意味が一つではなくなる」

「つまり体が病魔に屈するのが自然死だとしても、何もしないのではなく、病院ができることはすべてするということが前提になっているということだ」

「そういうこと」

「反対派の人たちは、植物状態の継続が家族に迷惑を掛けるという実態はどう捉えているの？」

「周りの人が支えてくれれば、家族の精神的な負担もある程度軽くすることができるはずだと主張している。経済的な負担についても、社会全体が手を差し伸べれば、家族も少しは楽になるはずだという意見を持っている」

「介護保険や生命保険を利用するってことか」

「頼りないけれど、今はそれしか方法がないだろう」

「洋ちゃん、現実はそんなに甘くないよ。保険が充実しているとは言えないじゃないか」

「俺は両者の立場を説明しただけだよ」

「困ったね。僕はどっちに賛成すれば良いのか分からなくなった」

「俺は抽象的なことばかり言うのは責任逃れだと思っている。周囲の人が関係者の精神的な負担を軽くすると言っても、実際に何ができるのさ。それに経済的な負担を軽減させたとしても、それは軽減にしかすぎないから、負担は続くし、目の前の状況も好転しない」

「洋ちゃんは賛成派だね」

「そう簡単に決めつけてほしくないな。ここでの議論は家族に焦点を当てているけれど、延命措置自体に焦点を当てるとどうなる？」

「だから賛否両論なんだろう」

「違うよ。俺が言っているのは、延命措置が一人の患者に施されていれば、もし別の患者が運び込まれたときはどうなるかってことさ」

「ベッドがもう一つ必要になるね」

「どの病院でもそうだけれど、救急患者を受け入れるときに問題になるのは、ベッドがあるかないかだろう」

「救急に対応できる医者がいるかいないかも重要だけれど、ベッドも必要だね。そうか。延命措置が必要な患者ばかりになれば、新しい患者を受け入れることが難しくなる」

「それに今の仕組みだと、長期入院は病院にとって必ずしも好ましくないことなんだ」

「どういう意味？」

「だって特別な治療をする必要がないから、看護師などの手間が掛かるだけだ。つまり狭い意味だけれど、医療行為がない」

「なるほどね。新規の患者と長期入院の患者とでは大きな差があることになるんだ。そうなると延命措置が人道的な行為になることを否定はできないけれど、それだけでいいのかという議論にもなるんだ。じゃあどうすればいいいんだろう？」

「尊厳死を認めると、将来自殺が増えてしまうと警鐘を鳴らす人もいる。問題は、将来ヤバイ病気になったとき、自分がどう立ち向かうかだろう。俺は一人ひとりに選択肢が与えられるべきだと思う。自殺を実行するなんて、中々できるもんじゃない。俺だって不治の病を告知されたら、悲観して一度や二度は自殺を考えると思う。でも他に楽な方法があれば、そっちを選ぶような気がする」

「じゃあ政府や医師会は議論を続ける振りをしているみたいだね。このままだと植物状態になった人は意識がないから、我関せず、でいいだろうけれど、周りの人が苦しむだけじゃないか。僕も選択肢がある方が理にかなっていると思う」

「だから俺は尊厳死を選んだ」

「じゃあ洋ちゃんはその決意を家族にもう伝えたのか？」

「口で何を言ってもダメ。いざとなると、家族は人工呼吸を止めてくれとか、点滴や中心静脈での栄養補給を止めてくれなんて心情的に言えるわけがない。それに家族の意思が本人の意思と同じだとしても、補足的な要件にしかならない。自分が文書にして残さないとダメ」

「文書と署名と印鑑。それに日付だね」

「ところで、真ちゃん。腎臓移植のことを聞いたことがあるだろう?」

「あるよ」

「腎臓が働かなくなると、人工透析といって体内の血を一端外に出して、その血を綺麗にしてまた体内に戻す方法がある。この治療は一週間に何度もしなければならない。健康保険がないと、一ヵ月の医療費が三十万円から四十万円も必要になるから経済的に困る。毎回の治療も一回に数時間掛かるし、相当つらいらしい。でも腎臓移植をすると、生活を元に戻すことができるんだ」

「それなら人工透析を止め、腎臓移植を推進すればいいじゃないか」

「真ちゃん、全国には人工透析をしている患者が三十万人近くもいるから、少なくとも三十万個の腎臓が必要になる」

「すごい数だね。人工腎臓はまだないの?」

「今は人工透析しか方法はない。移植を希望するなら、日本臓器移植ネットワークに登録しなければならない。しかし順番を待っている人が数万人もいる。人間には二つ腎臓があり、一つを提供することができる。だから単純に計算すると、六十万人が自発的にその一つを提供しないと移植は無理」

「日本の人口は一億二千万人だよね。そうすると二百人に一人の割合で腎臓を提供してもらわないと移植は無理だってことか。結構厳しい数字だね」

「それだけの必要性があっても、自分の腎臓を一つ提供しようとする人なんてまずいない」

「家族はどうなの?」

「たとえ患者の家族でも、その腎臓が受ける人と生理的に適合しないと移植は無理だ」

「じゃあ何のためにネットワークに登録するの?」

「亡くなった人の腎臓をもらうためだよ」

「亡くなった人のものでも使えるの？」

「それが難しいのさ。望ましいのはいわゆる脳死状態での移植だ。それがダメでも心臓が停止した直後の人の腎臓を使うこともできる。ただしいくつか条件がある」

「亡くなる人の同意書がその一つだろう」

「そのとおりだよ。最近本人の同意という要件が少し緩和されたから、家族の同意で腎臓を提供することが可能になっている」

「心臓が停止していても、腎臓は大丈夫なの？」

「実績はあるけれど、脳死状態と比べると、移植後の生存率が落ちるみたいだ。いずれにしても腎臓が手に入りにくいから、海外での違法な臓器売買の原因になっている。一つ付け足すと、日本では違法だけれど、海外では病気腎移植が認められている国もある」

「病気腎移植って何？」

「たとえば一方の腎臓に癌があり、その腎臓を取り除き、癌化したところを取り除いて第三者に移植することさ。修復腎移植とも言う」

「そんなことができるとは驚きだね。でも洋ちゃん、話がどんどんずれてないか？」

「尊厳死の意思表示と臓器提供の意思表示が似ていることの例だよ。それにさっき話した植物状態と脳死が関係しているからさ」

「脳死と植物状態とはどう違うの？」

「まず心臓が停止したら、人は完全に死亡する。脳死とは心臓が動いているのが前提で、三つに分かれるらしい。考えたりする大脳、運動を担当する小脳、呼吸や心臓を動かす脳幹があり、その三つが全部死んでいれば、完全な脳死。脳幹死になると、いずれ呼吸ができなくなるから、大脳もやがて死ぬ。植物状態というのは脳幹がまだ生きているから呼吸はできるのに意識はないらしい」

「つまり臓器を提供しようという意志があるなら、尊厳死の文書にそれを付け加えることもできるわけだね」

「そういうこと」

「じゃあ洋ちゃんはその意思を書き残すつもりだね」

「つもりじゃなくて、もう書いて署名をして印鑑も押したし、証人に署名をしてもらい、印鑑を押してもらっている」

「そこまでやったの！」

「もちろんさ。延命を止めれば、さっきも言ったようにベッドが一つ空き、次の患者が利用することができるようになる」

「ふーん。僕が切っ掛けでそこまで考えたのか。僕なんか手術が住んでからは早く退院して元の生活に戻りたいと思っていただけだよ」

「真ちゃんの場合は回復が前提だから、そこまで考える必要はなかったってこと。俺は今ふつうの生活をしているからこそ、いろいろと考えたのさ」

「なんて書いたのさ？」

「簡単に言うよ。遺言の一部として、以下のことを宣言します。私が将来不治の病にかかり、耐え難い痛みが続き、医療担当者の二名により死が遠くないと予測される場合は、二週間を経過した時点で、また、いわゆる植物状態を含め、医療担当者の二名により脳死と判定された場合はその時点で、私は、医療担当者が私の死期を延ばすためだけの措置を採ることをすべて拒否します、ということさ。もっと細かいことを言うと、声を出すことができても意味不明の場合、目を開き、手を握るのがやっとできても意思疎通が不可能な場合などを書き出しておく。そうすれば第三者が判断を下しやすくなる。そして延命措置を止めてくださる人には何の責任もなく、返って私は感謝していますということも付け加えている」

「臓器提供はしないの?」

「もう定年間近だし、俺の生活習慣を考えると意味がないだろう」

「洋ちゃんの場合、タバコを吸うし、酒漬けだから使えないね」

「真ちゃんに言われたくないな。中性脂肪の数値が高いし、食事のバランスが悪いから、真ちゃんこそ臓器提供は無理だよ」

「まあお互いに五十歩百歩だから、ボロボロの体は使えませんって断られるだろうね」

「でも今意識がハッキリしているうちにきちんと書き残した方がいいよ」

「尊厳死か。洋ちゃんが知っているくらいだから、日本でも広まっているの?」

「まだまだだね。だから議論が続いているのさ。アメリカやヨーロッパでもそれほど受け入れられてはいない。ただし、尊厳死がきちんと法制化されているのはオランダで、スイスとベルギーも後に続いているみたいだ。特にベルギーでは少し前になるけれど、子供にもその権利を認めたと報道されている。アメリカでもいくつかの州は認め始めたそうだ」

「キリスト教の国でも選択肢があるというのは驚きだね。モアの影響かな?」

「違うと思うよ。植物状態になった人をどう扱うべきかが社会問題として捉えられてきたってことみたいだ」

「時代の流れなのか」

「ゴメン、真ちゃん。実を言うと、本人と家族の意思が明確になっていても、病院にも問題がある」

「どういうこと？」

「裁判所が下した六つの要件を満たすには、医者の判断が重要になる」

「一人だと独断で、誤診をするかもしれないから、数人が同じ結論を出せばいいんじゃないの？」

「最終的な診断を下すために、各病院は、倫理委員会を開くことになっている。でも問題は別のところにある」

「分かった。手続きが面倒すぎるからだろう？」

「さすがだね、真ちゃん。病院にとっては延命措置を施す方が楽なんだ。それにどこの病院だって、あそこに行けば簡単に手続きをしてくれるなんて評判を立てたくないはずだろう」

「でも一度受け入れれば、後は事務処理として定着するような気がするよ」

「尊厳死への反対派は、命を軽く扱うような風潮を作るべきではないという主張だから、そこを非難している。あの人たちは病院の前で反対運動を起こすだろうね」

「洋ちゃん。さっきも言ったけれど、議論ばかりしていたら、現実に植物状態になっている患者を抱えている家族は救われないよ。命については個人個人がそういう状況になる可能性をしっかりと意識するべきだろう。同時に国としては、選択の余地があることを認めるべきだと思うね」

「同感だ」

「洋ちゃん。最後に一つ聞かせてよ」

「何？」

「尊厳死の選択は個々人に任せるとして、一般的な自殺について洋ちゃんはどう考えているの？」

「俺は日本人だから、命は両親にもらったものと考えている。育ててもらった恩があるので基本的には自殺に反対する。でも俺だって何度か自殺を考えたことはある。もうどうやっても自分は救われないと思い込んだら、命を投げ出す方が楽に見えてくるからな」

「そういうときもあるよね」

「ただこの歳まで生きてくると、苦しかったときにすべてを投げ出さなくて良かったと思う。まだまだ楽しいことがたくさんあるからだ」

「いろいろな状況があるので一概には言えないけれど、命あっての物種だからね」

「そう。畑あっての芋種だ」

「じゃあそろそろ議論を切り上げ、どの馬にするかの結論を出そう」

「そうだ。ここでは選択権を行使し、明確な結論を出すことが大切だ」

もう馬券の発売五分前になっている。二人は券売機へ急いだ。

一番人気は一番のトウカイソルジャー、二番目と三番目は十二番のラブファンタジーと七番のオートボンバーが競っている。予想では十一番のシャドウブーケが穴だ。山下は一番と十一番のワイド、一番、七番、十二番の三連複を買った。内村は今回も複勝で一番を狙っている。

結果は一着三番前住和寿のケイアイハリウッド、二着一番拜原靖之のトウカイソルジャー、三着十一番山野勝也のシャドウブーケだった。

山下は八百円の投資で千八百五十円を獲得。内村は千円で二百円を浮かせた。堅実だ。

第三レース　余命

午前十二時二十分スタート　ダート千五百メートル（外回り）（十三頭）　特選　三歳（三）（ロ）　サラブレッド系　三歳　（一般競走）獲得賞金八十四万五千円以上二百五万円未満

場内の人影が次第に増えてきた。まばらだった観覧席も徐々に埋まり始めている。元旦をゆっくりと迎えた人たちが到着したのだ。川崎大師へお参りしてきた人もいるに違いない。

もう昼なので、焼きそばやおでんを持っている人たちが二人の側を通り始めた。中には二人と同じように酒や生ビールを手にしている人もいる。買ってきた飲み物や食べ物をビニール袋に入れて運んでいる人も多い。

「ところで真ちゃん。尊厳死は別にして、手術前に心の準備みたいなことはしたのか？」

「緊急入院で検査に振り回され、明くる朝手術をしたから、そんな時間はまったくなかったよ。とにかく何とかして欲しいと思っていただけ。手術の後で目を覚ましたとき、最初はなぜこんなところにいるんだと思った。誰かが僕の名前をしきりに呼ぶんだ。それが看護師さんだということに気付き、その後しばらくしてからやっと自分がどこにいて、どんな状態になっているのかが分かった」

「難しい手術から生還したことを理解するまで少し時間が掛かったということだな」

「麻酔も効いていたしね。これから先のことをいろいろと考え出したのは、集中治療室を出て病棟に戻ってからずっと後だよ。それまではベッドに縛り付けられたまま四六時中監視され、しかも頭がズキズキ、ギリギリと痛むんだ」

「カテーテルの手術だったんだから、切り傷の痛みじゃないよな」

「意識はあるんだけれど、痛みのせいで目が覚めているのか寝ているのか分からなかった。あのときはさっきのろうそくの火みたいに僕の命はゆらゆら揺れているような気がした」

「自由に動くことができなければ、まだまな板の鯉みたいなもんだろうな」

「本当にそうだよ。集中治療室なんて、右を見ても左を見てもいろんな器具がたくさんあるんだ。鳥籠に入っている方がまだましだと思ったくらいだ。だから看護師にもう大丈夫なんですよ、と言われても半信半疑で、気休めを言われているだけかもしれないと思った。ちょっと痛みが落ち着くと、やっと寝られる。でも長続きしないから、葉っぱを全部落とした枯れ木の山に迷い込んでいて、明るいのにどっちへ行けばいいのか分からないとか、自分の足が地に着いていないような夢ばかり見ていた。その意味では、生きているという感じじゃなく、生かされているという意識だった。あんな経験は二度としたくないよ」

「不吉な夢だけれど、本当に最期が近づくと、そんな感じになるのかな…」

「でも、洋ちゃん。気分が落ち着いてからは違うよ。このまま家に帰れなかったらどうしようかなんて、まったく考えなかった。とにかくお陀仏になってたまるか、と思い続けていた。今まで会社と取引相手のために昼も夜も動いてきたじゃないか。一所懸命に働いてきたんだから、僕には定年後の第二の人生がある。こんなところは早々に出てやる、と信じるようにしていた。それに僕は孫の顔もまだ見ていない。こんな終わり方をするなんて悔しすぎる。洋ちゃんだって僕の立場になればそう思うはずだ」

「さすがに真ちゃんは前向きだね」

「当たり前だよ。ただまだ安心はできないんだ。再発するかもしれないからね」

「そうか。癌になっても怖いのは再発だけれど、そっちは転移じゃなくて、他の場所が同じようになるかもしれないんだな」

「医者には、定期的に検査をするから、何か変化が起きてもその都度対処できると言われた。でも僕には高血圧があるし、中性脂肪の数値も高い」

「脳の病気では高血圧が一番悪いからな。血圧はどのくらいあるの？」

「上が百五十くらいで下が九十くらい」

「ちょっとヤバイな。薬は？」

「飲んでいる」

「さっきは経過観察だと言っていたじゃないか」

「それで油断していたからヤバクなったんだ。手術をしてからきちんと飲み始めたってこと」

「高血圧と中性脂肪か。それで血管が細くなったり詰まったりする。悪い奴はつるむから怖いね」

「もう手術のことなんて忘れたいよ。でもしばらくは一ヵ月毎に検査があるんだ。状況が安定すれば二ヵ月に一度になるけれど、検査自体が結構精神的な負担になっている」

「ＣＴ検査なんて十五分かそこらだからどうってことないだろう」

「そうは言っても、また血管が弱くなっているところが見つかったらどうしようとか、よけいなことを考えてしまうから嫌なんだ」

「血管は一本だけならまだしも、たくさんあるからな」

「洋ちゃんはいいよ。実体験がないから、理屈でしかこのヤバイ状況を捉えていないもんね」

「軽く言ってゴメン。心の準備について聞いたのはそんなつもりじゃなかった。今回のことが切っ掛けで、俺も自分のことをいろいろと考えた。その一つが尊厳死だ。もう一つ考えたのがこれから先のことさ。以前のように五年先十年先が必ずあるとは思われなくなったからね」

「先が読めないのは事実だけれど、洋ちゃんも嫌なことを言うね。少なくとも年金を何年かもらうまで生き延びさせてくれよ」

「真ちゃんの体験が生々しいから、心の準備が気になり、ついでに告知のことも考えたってことさ」

「何よ。受胎告知ならうれしいけれど、余命告知なんて考えたくないよ」

「そうは言っても、重い病気になると、医者と患者との間に告知の問題が出て来る。そのとき俺はどうするのか、家族はどうするだろうと、要らないことまで考えたのさ」

「洋ちゃん。医者が余命を口にするとき、実際にはどのくらいの時間があるの？」

「ふつうはせいぜい三ヵ月くらいだろう。少し余裕を持たせられても半年から一年までらしいぜ」

「三ヵ月は短すぎるね」

「末期癌などで判断できるのはそのくらいの期間だってことさ。もちろん一週間とか二週間とかもっと短い場合もある。延命治療しかできないと言われるかもしれない」

「それは最悪だよ。ほら、あなたのろうそくは後二センチメートルしか残っていません。早く心の準備をしてください、と言われたって納得できないよ」

「いくら医者でもそんな木で鼻をくくるような告知はしないさ」

「余命告知か。さっき僕が半信半疑だったと言っただろう」

「手術後に医者や看護師が大丈夫だと言ったときのことか？」

「集中治療室にいるときは、一日に二回医者が来るんだ。洋ちゃんだから正直に言うけれど、最初はその度にドキドキしていたんだ」

「どうして？」

「悪いことを言われるのが怖かったからだよ。あそこに大きな膨らみが見つかりましたとか、ここが細すぎるので少し気になりますとか言われてみろ。ガッカリするだけじゃ終わらないよ。また頭が痛くなったり、もう一回手術をしたりということになるだろう。それに僕の場合、洋ちゃんがカミさんに聞いたように、体のどこかに麻痺が出ることも恐れていた。幸い、それはなかったけれどね」

「驚いたな。医者の顔色まで気にしていたのか」

「手術が成功し、後は回復を待つだけですと言われても実感がないからだよ。切り傷が治るときなら、目に見えるけれど、頭の中の血管だよ。細くてクネクネ曲がっている血管がたくさんある。見ることもできないし触ることもできない。コンピュータのマウスをチョコチョコと動かし頭の輪切り写真を見せられる。ピッピッと次々に見たって自分の頭という感覚はない。コイルを入れたところは大丈夫ですし、他も異常はありませんと言われても、安心できない」

「じゃあ今でもさっきの枯れ木の山に迷い込む夢を見るのか？」

「昼間は仕事で気が紛れる。今一番嫌な時間は寝るときだね。さあ寝るぞとベッドに横になっても、寝付きが悪いときがあるだろう。そんなときに限って嫌なことばかり考えてしまうんだ。検査は仕方がないから受けるけれど、あそこに戻りたくはないよ。だから余命告知の話はもう止めようよ」

「今の真ちゃんを前にして言いたくはないけれど、俺たちは遅かれ早かれそういう状況に直面するぜ。そのときどうするかという心構えが必要だろう」

「まだ続けるのかよ。洋ちゃんもしつこいね」

「俺が重い病気になったら、医者にどのくらいの時間が残っているのかハッキリと知らせてもらいたい。今の病院では、手術の同意書みたいに、告知について自分の意見を書く用紙があるから安心だ。昔のように家族だけが検査結果を知らされるなんて最悪だからね」

「洋ちゃん、僕の会社では、同僚が何も知らされないまま亡くなっているよ」

「ウソ！　いつのこと？」

「つい一年前だね」

「信じられないな。真ちゃんは何も知らないまま目を閉じることになってもいいのか？」

「どちらかを選ぶなら、僕もどのくらい時間が残っているのか知りたいよ」

「奥さんや子供はどうするの？」

「そこはちょっと考えるな。僕だけが知っているというのがいいかもしれない」

「えらくカッコイイね。自分で精神的な苦しみを全部背負うつもりかい？」

「僕は責任感の強い男だからね」

「真ちゃんがいくら責任感の塊でも、病状が悪くなれば、奥さんに事実を隠すことなんてできないよ。それまでこそこそと自分で悩み続けるなんて、真ちゃんには似合っていないな。俺も真ちゃんにそんなことをしてほしくないし」

「じゃあカミさんと一緒に医者の話を聞きに行くべきかな」

「俺だってそうするよ。それから残りの時間の使い方を考えるな。気持ちの整理には時間が掛かるだろうから、気を紛らわせるためにも、まず動くことができるうちに楽しいことをし、身辺整理はそれからだ」

「洋ちゃん。まさか僕に内緒で誰かと付き合ったりしてはいないよね？」

「またそれかよ。付き合っている女なんていないよ」

「洋ちゃんは、もう一歩進めないから発展しない」

「悪かったね」

「いいの、いいの。僕だってその方が安心だ」

「どういう意味よ？」

「抜け駆けはなしってこと。でもどうだろう？　もしこの歳で誰かと付き合っていて、余命を告知されたことを僕が口にしたら、相手は理解してくれるのかな？」

「真ちゃんに相当の資産がなければ無理だね。もうお付き合いはできませんと言われ、すぐ手を切られるよ」

「洋ちゃんならそうなるはずだ。仁徳と知性の僕なら彼女は最後まで看病してくれる」

「真ちゃんのどこにそんな魅力があるの？」

「洋ちゃんだってもう二十年も僕と付き合っているじゃないか！」

「俺は男。男同士の付き合いじゃないか。飲み友だちで遊び友だち。実際、俺以外に誰もいないんじゃないの？　現実に戻れよ」

「分かったよ。いざとなるとやはりカミさんにすがるのかな？」

「どうだろうね。ただ、不倫には二つの状況があると思うよ。一つは遊びで、まだ家庭が生活の基本になっている場合。もう一つは奥さんと別れたくて相手と一緒にいたい場合だ」

「余命いくばくもないと分かったら、残念だけれど、不倫相手も困るだろうね」

「やっと本音が出たな」

「違うよ、一般的な話をしただけだよ」

「そう言えば思い出すな……」

「何よ？　急にしんみりとした言い方をするじゃない。何か隠しているなら、ついでに全部白状したらどう。後で奥さんとゴタゴタしそうなら、人徳の内村が責任を持って片付けるよ」

「早とちりするなよ。俺じゃなくて大学の先輩の話だよ」

「どこにいるの？」

「同じ会社の別の課に勤めていて、住んでいるのは保土ヶ谷だ」

「保土ヶ谷なら洋ちゃんの家の近くだろう」

「二年前の五月初めが彼の結婚三十周年で、彼は奥さんと二人でホテルに行き、お祝いをしている。奥さんは専業主婦だから、ふつうの生活をしていた」

「まさかその奥さんと付き合っていたりして」

「バカを言うなよ。同じ商店街を利用するから、奥さんには挨拶をしていただけだ。六月中旬に会ったとき、奥さんが何となく足をひきずるような歩き方をしていた。捻挫をしたのと聞いたら、ちょっと気分が悪いし、体がだるくて歩きにくいと言っていた。それで月末に野暮用で病院の前を通り掛かったら、偶然タクシーから降りてくる先輩を見掛けたんだ。先輩は入り口まで行き、車椅子を持ち出してきて、奥さんをそれに乗せたんだ。やはり足が悪いんだなと思いつつ、話し掛けたら、彼女の食がすごく細くなり動きづらいから、初診に来たところだ、と言った」

「奥さんの顔色はどうだったの？」

「ちょっと土色のような感じだった。その後俺はバタバタしていたけれど、気になったから十日後の日曜日に電話をしてみたんだ。そうしたら奥さんが電話口に出て、いつもと同じ調子で元気に応対してくれた」

「洋ちゃんの取り越し苦労だったたね」

「俺も最初はそう思ったさ。それから先輩に代わってもらい、奥さんのことを聞いたら、大丈夫だよ、何か急ぎの用か？　と聞き返すんだ。二人で何か言い争いでもしていたのかなと思い、お大事にと言っただけで電話を切った」

「他に用事はなかったんだから、それでいいじゃないか」

「真ちゃん。俺と先輩とは長い付き合いだぜ。先輩があんな他人行儀な応対をするのはおかしいんだ。それで月曜日の朝、先輩に電話を掛け、昼ご飯を一緒に食べることにした」

「洋ちゃんの詮索好きも困ったもんだね」

「俺が蕎麦屋の隅で待っていたら、先輩は深刻な顔をして現れたよ。それからボソボソと話してくれた。俺と病院の前で会った日、奥さんは診察の後でいろいろな検査をしていた」

「初診でいくつも検査をしたって言うの？　大きな病院は混んでいるから、血液検査ならまだしも、他の検査なら早くても一週間か二週間先の予約になるはずだ。それはおかしいよ」

「先輩たちは血液検査の結果が出るまで、そのまま待合室で待たされた。それから再度先生の診察室に呼ばれて入ると、先生が携帯でいろいろな検査の都合を聞いていた。最初は先輩も前の患者のことだと思っていた。それが済むと、今度は先生が病棟へ直接電話を掛け始めた。ふつうは看護師にさせる仕事だよ。その内容を聞いていて、先輩はひょっとしたら奥さんのことかもしれないと不安になったらしい」

「テキパキやってくれていたのは、奥さんを即入院させるためだったの？」

「そう。先生は、いろいろ予定がおありでしょうが、ベッドを確保しましたから、今日は入院してくださいね、と言った。奥さんは何も準備をしていないのでもちろん嫌がった。じゃあ準備はご主人にしてもらいましょうね、と彼を見てウィンクをしたらしい」

「ヤバイじゃないか」

「一週間後、先輩は検査結果を聞きに病棟に行った。そのウィンクの先生が現れ、二人を小部屋に連れて行った。先生はしばらく結果の説明をし、まことに申し上げにくいことですが、治療には限界があり、非常に厳しい状況です、と言った」

「マジかよ！」

「突然そんなことを言われたので、先輩は、もう時間がないという意味じゃありませんよね、と思わず聞いたんだ」

「当然の反応だけれど、つい追及したんだね」

「先生はつらそうな顔をし、奥さんと先輩を交互に見てから、多分三ヵ月くらいではないかと思われます、と言って頭を下げた」

「余命告知までされたのか！」

「俺もビックリして、言葉が出なかった」

「正に青天の霹靂だ」

「先輩は一瞬何を聞いたのかとあっ気にとられたみたいだ。顔を上げた先生を見ても、しばらく口を開くことができなかった。横を見ると、奥さんは少し表情を硬くして先生を見ている。先輩はやっと声を絞り出し、本当に何もできないのでしょうか、と聞いたけれど、声が上ずり、語尾が震えたらしい」

「先生は何て答えたの？」

「輸血をしましょう、と言っただけ」

「奥さんは先生に何か聞いたの？」

「黙っていたみたい。多分信じられなかったのだと思う」

「当然だよ。何の病気だった？」

「胆のう癌」

「洋ちゃん。それっておかしくないか。六月の発症じゃなくて、もっとずいぶん前から何か症状が出ていたはずだろう？」

「俺もそう思ったさ。でも長い時間を掛けて状況が少しずつ悪くなるとき、本人は、あれっ、ちょっとどこか調子がおかしいな、と思うだけらしい。息ができないとか手がしびれるとか、頭が急激に痛くなるという症状じゃないから、あまり気にしないみたいだ」

「本当に何も治療ができなかったの？」

「癌がもう肝臓や骨にも転移していたから、抗癌剤や放射線治療も手遅れだった」

「輸血って何のためなの？」

「輸血は血を補うためさ。癌が骨に転移し、骨髄の造血機能が落ちていたし、肝臓の働きも悪かったからだ」

「ちょっと待ってよ。洋ちゃんが先輩の家に電話を掛けたのは、初診の十日くらい後だよね。そのとき奥さんが元気な声で応対したと言ったじゃないか」

「そうだよ」

「それって退院していたことになるだろう。おかしいじゃないか」

「輸血で体が楽になったし、奥さんが病院は嫌だと言うから退院したのさ」

「本当に何も治療ができないなら、自宅療養もできるということかよ？」

「そういう選択肢があるということさ。余命を告知されたなら、患者はベッドに寝たままになるという先入観が俺にはあった。だから輸血の効果には驚いたよ。その後街中で奥さんに会ったら、本当に顔色が良くて元気そうだった。しかも自分で歩いていたんだ。だから会社で先輩に、誤診じゃないんですか、と聞いたよ」

「彼は何と答えたの？」

「納得してはいなかったけれど、正式な診断書と血液検査の結果は否定できない、と言っていた」

「ため息しか出ない状況だね。残された時間を有効に使うという現実に直面したわけだ」

「先輩はまず子供たちや親戚に電話をして、余命のことも伝えた。みんなからすぐ電話が掛かってきた。でも奥さんは誤解させるような返答しかしなかった」

「何て言っていたの？」

「買い物にも出掛けているから心配しなくても大丈夫よ、だってさ」

「そんなバカな。後三ヵ月しかないと言われているんだよ！」

「困ったのは先輩だよ。奥さんが電話口で本当に元気そうに話をするから、誰も先輩が言うことを信じなかったんだ」

「輸血の力がすごかったので、奥さんは勘違いをしていたんだ！」

「そうだったのかもしれない。これはもっと後になって聞いたことだけれど、先輩が奥さんに何かしたいことがあるかと聞いても、奥さんは笑って取り合わなかったらしい」

「しつこく言って奥さんが気分を害したら藪蛇になるし、精神的に追い込むのはマズイよね。じゃあ子供たちと会うことくらいしかできなかったのか？」

「二人とも生前には保土ヶ谷に戻っていない」

「ウソだろう！」

「長男は北海道にいた。長女は大阪で三人目の子供がもうすぐ生まれそうな時期だった」

「親戚は？」

「ときどき電話が掛かってきただけ。奥さんは映画を観に行きたいとか、温泉へ行きたいとも言わなかったらしい。俺は奥さんの気持ちが分からなかった。ふつうなら心残りがないように、何かするはずだよな」

「少なくとも身辺整理くらいはするだろう」

「実際、奥さんは特別なことを何もしなかったらしい。完全に寝込んで動くことができなくなったのは最後の二日くらいだったって」

「洋ちゃん。それを僕に信じろと言っているの？　それって何なの？」

「真ちゃん。俺に噛み付くなよ。俺だってなぜと思ったけれど、根掘り葉掘りは聞けないよ。しつこく追求したら先輩を責めることになる」

「傷口に塩をすり込むことと同じになるか」

「俺が想像したのは、奥さんが死について考えようとはしなかったということだ」

「考えなくてもいいから、限られた時間を楽しめばいいじゃないか」

「長い間二人で暮らしてきたことを考えると、寂しすぎる最期だよな」

「寂しいどころじゃなくて、僕には理解不能だよ！」

「奥さんは迫っている死を無視して、目の前の出来事だけを信じようとしたのかもしれない。今までのように近所に買い物に行ったり、テレビを見て笑ったりするだけでいいと考えていたような気がする」

「自分で下した判断だから僕には何も言えないけれど、それは潔い死に方じゃないよ。もし奥さんがご主人のことを考えてそんな振る舞いをしたのなら、その気持ちには同情する。ただし僕には理解できない考え方だ。カミさんがそんな態度をとれば、僕は怒るよ。引っぱたくかもしれない」

「余命を告知されてからの奥さんは、ふつうの人のような反応をしなかったのかもしれない」

「ふつうならどんな反応をするのよ？」

「今から五十年くらい前、エリザベス・キュブラー・ロスという医者が、病気や事故で死を宣告された人は、五つの反応をすると発表したんだ。彼女によると、まず死が近づいていることを認めないし信じない。次に誰かがウソをついているに違いないと怒り出す。そして何か方法があるはずだから、それをすれば少なくとも時間稼ぎができるはずだと考える。それから自信を喪失し、気分を滅入らせる。最後が、まあ悟りのような気持ちになり、死を迎える」

「なるほどね。そういう反応ならみんながするかもしれない」

「あの奥さんは第一段階から先へは行かなかった」

「僕なら少なくとも時間稼ぎをしてあがくね。宣告されたまま、はい、そうですかなんて諦めたくない。身辺整理だってする。その後自信を喪失するとしても、とにかく残りの時間を有効に使いたい」

「そこだよ、真ちゃん。これをしたい、あれもしたいと考えること自体、まだ生きる力が残っている証拠だ。ロボットのように思考回路がガチガチに決められていたら、一足飛びに結論を出し、それで終わりになる。俺だって欲張りだから簡単には諦めない。できる範囲で競馬もするし、温泉にも行ってゆっくりしたい。もちろん、気掛かりなことは片付ける。それがもう一度自分の人生に挑戦することになる」

「挑戦するって、どういうこと？　反応は五つだけじゃないのか？」

「言い忘れていた。彼女は、第五番目の反応のところから人生の新しい一ページが始まると言っている」

「最初からそこまで言ってよ。洋ちゃんの言い方だと、悟りを開いたところでお仕舞いになるじゃないか」

「ゴメン。ロスは死ぬ瞬間まで人間は成長できるとも言っている」

「植物状態にならなければ、僕たちもお迎えが来るまで何かできるはずだよね。自分で何もできなくても、話ができれば自分が言いたいことを言い残すことだってできる。ロスの言葉を信じて、やれることはやるよ」

「よし、その意気で馬を選ぼうよ。もうあまり時間がない」

「僕たちの新しい一ページを大きく開こう」


一番人気は十一番のノーブルブラッド、二番と三番人気は七番のベンテンマルと十三番のブルーテーストト。山下が買っている新聞には、三番のベルコットランナーと八番のエンジェルガールに○と△印が付いている。穴は一番のハープアルパートだ。山下は一番と三番と八番と十一番をワイドで買った。内村はまた十一番を複勝で買った。

結果は一着三番真島大輔のベルコットランナー、二着十一番町田直希のノーブルブラッド、三着二番山崎誠士のエビスマーチだった。

山下は六百円で八百十円の配当だ。内村の方は千円が千九百円となり、倍近い配当だ。

第四レース　整理

午後十二時五十分スタート　ダート千五百メートル（外回り）（十二頭）　特選　三歳（二）（イ）　サラブレッド系　三歳　（一般競走）獲得賞金八十四万五千円以上二百五万円未満

一周千二百メートルの馬場の左半分は駐車場で、右半分には芝生がある。冬枯れの時期なので芝生は緑ではない。それでも薄茶色の柔らかい絨毯が広がっているように見える。その中で二、三人の子供が走り回っている。初めてここに来たときの山下は、家族連れや夫婦連れで来ている人たちが多いことに驚いたものだ。それまでは競馬を誰もが目を血走らせる博打の一つだとみなしていた。しかし彼は次第に競馬を娯楽の一つだと考えるようになっていた。実際、子供たちが遊ぶ場所があり、食事ができるのだから、遊園地で金を使うのも、ここに来るのもそれほど違いはない。そこに違いが出るのは、両親が大きく勝ったときやひどく負けたときだ

「真ちゃんは相変わらず地道に稼ぐね。複勝で着々と資金を増やすんだもの」

「無理をしないでたくさんレースを楽しむためだよ」

「楽しむと言えば、さっき話していたのは身辺整理だったよな。それが横道に逸れてしまった」

「洋ちゃんが先輩のことを言い出したからだよ」

「身の回りものを片付けると、何やかやとガラクタが出てくるだろうね。俺の場合、本とかビデオやＤＶＤが一番場所を取っているかもしれない。しばらく前から体重が増えているので、窮屈になった背広やズボンやワイシャツも押し入れにたくさんあるはずだ」

「僕はそんなにたくさん買っていないので関係ないな。でも洋ちゃんが持っている本は、小説じゃなくて女の子のヌード写真集で、ビデオとＤＶＤはみんなアダルトものじゃないの？」

「いくつかあるけれど、真ちゃんは一つも持っていないのか？」

「僕は精神が健全だからそんなものを買ったりはしないよ。昔と違い今は古本屋も近代的になっているから、洋ちゃんは早くそこへ持って行ってみんな処分するべきだね」

「売れるのかな」

「ＤＶＤと写真集は何とかなるけれど、古本やビデオはダメだね。売れるのは人気作家の単行本やコミック本だ。文庫本でも売れるけれど、できるだけ新しいものでないとダメ」

「真ちゃん。持っていないのに、そんな細かいことまでよく知っているね。本当は自分がマズイものを処分したからだろう？」

「違うよ。さっき言った同僚の葬儀の後、不用品の整理を手伝ったんだ。近場のショップへダンボール箱で十五個ほど運んでいった」

「そんなにあったのか？」

「あの夫婦には子供がなかったんだ。それでいろいろと買い集めたんだろう」

「みんな売れたの？」

「映画のビデオと音楽ＣＤは持ち帰りになったから、ゴミ収集日に奥さんに処分してもらうようにした。Ｄ

ＶＤは一枚十円。写真集も一冊十円。人気作家の単行本でも一冊十円程度。新しいコミック本は五十円とか百円のもあった。いわゆる古本は全部ゴミだ。ただしふつうゴミにしてはダメだよ。資源回収の日に出すべきだ。あれは町内会の維持などに充当されるからね」

「洋服はどうしたの？　リサイクルショップへ持って行ったのか？」

「男物なんてまず無理だよ。女物でも汚れがなくて流行のブランドものでないと売れないらしい」

「じゃあ不用品の売り上げは千円か二千円程度だね」

「それでも新しい単行本がたくさんあったので、五千円弱にはなった」

「へぇー。現実は厳しいな」

「でもそのお金は奥さんが僕たちに酒とツマミを買ってくれたから、その日のうちに消えてしまった」

「ダンボール十五個分が酒とツマミだけか。わびしいもんだな」

「僕もつくづく考えたよ。映画はテレビで見るか、録画して後で楽しむだけで充分だね。音楽も同じだ」

「ＤＶＤだって何度も何度も観たりはしないもんな。俺だってああいうものはそのときの気分で買うから、随分と無駄をしてきたと思う。最初から売るために買ってはいないけれど、単なるゴミを集めたかと思うと悔しいな」

「その意味では、洋ちゃんの本も今のうちに捨てれば、スペースだけでも増えるだろう。他に金目のものってあるのか？」

「俺は一時期パイプとジッポのライターやお猪口を集めていたんだ。見せただろう？」

「そう言えば昔家に行ったとき見せてもらった」

「自分が使ったものだから、まず金にはならない」

「パイプは無理だけれど、お猪口とジッポのライターは形見分けになるかもしれない」

「真ちゃん。形見分けの話までするのかよ」

「だって洋ちゃんが言い出しっぺだからね。でも近ごろは形見分けなんてしないよね」

「身辺整理と言っても、俺たち下々の人間にはゴミ処理しかできないってことだ」

「古着のことで思い出したけれど、退職した人って、背広とネクタイはどうしているんだろう。着る機会があるのかな?」

「家でくつろいだり、近所へ出掛けたりするときに背広なんて着ないよ。そうなると、古くて染みが付いたり、着崩れしたりしているもの早めに処分した方がいいかもしれない。それに定年後に外へ出るのは冠婚葬祭くらいで、そのときは喪服一つで間に合う。まだ少し先のことだけれどね」

「結局僕たちにできるのは、本や服を処分して家の中を少しでも広くするだけみたいだね」

「本棚と箪笥に空きができても、俺たちにとっては何の意味もない」

「カミさんを喜ばせるだけだね」

「むなしくなるな」

「まあ僕たちは身一つで生まれ、身一つで逝くんだから、何を持っていても価値はないということかもしれない」

「真ちゃん。そこまでドライに考えると、個性なんてなくなってしまうぞ」

「洋ちゃん。個性というのは物の考え方や自分の性格のことだから持ち物とは関係ないよ」

「それは違うだろう。自分の存在って考え方と性格だけじゃないぜ。どんなものを着て、何を持っているかも性格を表すじゃないか。女がブランド品を持ちたがるのは、服やバッグや指輪や靴で自分を主張するためだろう。他の女とは身だしなみが違うことを強調するのも個性の一つになっている」

「そうか。僕が平日に三つ揃えの背広をバシッと着こなし、休日にはＴシャツを着て洒落たモス・グリーンのジャケットを羽織って出掛けるのも個性だね」

「真ちゃんの洒落た雰囲気を壊したくはないけれど、俺は三つ揃え姿もＴシャツ姿も今まで見たことがないよ」

「当たり前だよ。洋ちゃんに会うのは仕事が済んで飲むときだけじゃないか。今日みたいにここに来るのだって、会社から直行だ。仮に土日に会うことになっても、相手が洋ちゃんなら、作業着やヨレヨレのウィンドブレーカーとジーンズで充分」

「それこそ自分の持ち物や着る物が個性を作り出している証拠だよ」

「そうか。みんなが同じものを着て、同じものを食べて、同じことをするなんて嫌だね。まるで昔の共産主義国家の生活になってしまう。身の回りにあるものは、僕たちにとって今もこれからも大切だってことになるね」

「そうだよ。過去をどんどん処分すると、多分心の中にポッカリと穴が開いてしまう。身辺整理なんてしたくなくなってきたよ。それに縁起が悪い」

「洋ちゃん、大発見じゃないか。身の回りにあるものを今から片付けるのは止めようよ。使うものは使い、置いてあるものは置いておこう。その後は、家族がどうとでもしてくれる。今の時代、遺品の整理屋もいるから、処分は楽だ」

「そのとおりだ」

「ちょっと思い付いたけれど、古い服は若いときに買ったもんだろう？」

「当たり前じゃないか」

「退職後もたまにはそれを着て出掛けたらどうだい。気持ちが若返るかもしれない」

「それは体重とウエストとの相談だな。いずれにしてもこの歳だからと言って、同じものばかり着ていてはダメだ。身だしなみには気を配らないといけない」

「オヤジはオヤジでも、勝負服で出掛けるという姿勢があれば、少しは若返るよ」

「そのときは道路の端をトボトボと歩いていてはダメだ。自信を持ち、真ん中を歩こう」

「交通事故に遭うまではね」

「真ちゃん。俺は気概のことを言っているの」

「洋ちゃん、話を逸らせて悪いけれど、死刑囚はどう思っているんだろう?」

「またずいぶんと逸らすね」

「だってさっき話した告知や身辺整理は彼らも直面していることだろう」

「そうか。死刑囚は命の終わりを告知されているから、他の受刑者とは異なり、独房にいる。でも身辺整理は関係ないよ」

「関係なくはないだろう。これだけは自分の形見にしたいというものがあり、他のものと分けたりはしないのかな?」

「彼らも三畳ほどの部屋に私物は持っている。規則が改正されたから、囚人が保管できる私物の総量は二十リットルに六十リットルが上乗せになった。死刑囚の場合も総量は同じだと思うけれど、肌着や洗面道具などの日用品に愛着を持ちはしないよ」

「単なる消耗品だからね」

「推理小説ばかり差し入れてもらえば、それが個性になり、一番好きな本と一緒に火葬をしてくれと言い残すかもしれない」

「ずいぶんと前の話だけれど、六法全書などを差し入れてもらって、法律の勉強をした囚人のことを聞いたことがある。六法全書を形見にするなら、たとえ極悪非道の罪を犯していても、少しは品があるね」

「俺もそれは聞いたことがある。冤罪ならまだしも、死刑が確定してから法律の勉強を始めるのかよ。他人の権利を侵害しておいて、今さら六法全書に執着するのは身勝手すぎる。いずれにしても彼らの持ち物は限られているので、あえて言えば、独房で毎日する整理整頓が身辺整理だろう」

「彼らに身辺整理は関係ないか。じゃあ告知の方ね。死刑判決が確定すれば、余命を告知されたことになる。いつ執行することになっているの？」

「法律上は、死刑が確定してから六ヵ月以内に執行することになっている」

「心の準備だけで六ヵ月か。ちょっと長すぎるね」

「真ちゃん、現実には執行まで数年掛かっているぜ。だって執行文書に判子を押さない法務大臣がたくさんいるじゃないか」

「そうか。長すぎると、クソッタレ、とか毒づきながら、シャバの空気が吸いたいと不平ばかり言っているかもしれないね」

「まあそれも罰の一つには違いないけれど、執行は早くするべきだと思うな。長いこと収監していること自体、経費と時間の無駄だよ」

「ロスが提唱した五段階の反応はどうなんだろう？」

「判決が確定しても、最初は死刑執行を信じないだろうね。でも独房での生活が始まれば、死を直視せざるを得なくなるはずだ。次に何かして状況を変えようとするかもしれないけれど、自由がない塀の中では何もできない。そして自信を喪失する。問題はその後だ。彼らは悟りを得たり、残りの時間を前向きに捉えたりはしないだろう」

「自分の行動にある程度の自由がないと、前向きな捉え方をして何かすることはできないだろうね」

「俺が刑務官なら、罪を償うために覚悟しろと、毎日でも彼らに言ってやりたい」

「僕も、太い縄がいつかはギュッと締まるぞと怯えさせてやりたい」

「でないと極刑を下す意味がないよな」

「洋ちゃん、執行の日はいつ知らされるの？」

「一九七〇年ころまでは、執行日よりも前に知らせていた」

「じゃあ今は違うの？」

「今は執行当日の朝知らせる」

「どうして短くしたのよ？　それじゃあ罪を悔いて怯える時間が少なすぎるよ」

「通知後に自殺した例があったからだよ。自殺されたら死刑判決を無意味にしてしまう。通知から執行まで、実質的には一時間くらいしかない」

「それって何よ。その間に何か食べたりもするだろう？」

「アメリカの一部の刑務所では事前に言っておいた自分が好きなものを食べることができる。日本ではお供え物みたいなお菓子に手を出すことはできるけれど、ほとんどの死刑囚は何も食べないらしい。ゆっくり遺言を書く時間もないと思う。ただし、教誨師と話をすることは許されているから、そのとき罪を懺悔することはできる」

「ほんの一時間だけしかないなら、被害者家族にとっては気休めにもならないじゃないか。時間に追い立てられ、はい、さようなら、なんてダメだよ」

「さっきも言ったように、自殺を防ぐためでもあるから、仕方がない。ただね、真ちゃん。死刑囚は七つの刑務所に百人以上が振り分けられている。つまり平均すると一つの刑務所に十数人もいるんだ。誰かの死刑執行が決まると、その朝、彼らはいつもとどこか違う雰囲気を感じ取るらしい。ひょっとして白羽の矢が立つのかと身構え、執行通知を告げる刑務官が自分の独房に来なければホッとするみたいだ」

「つまり、毎朝一定の時間、彼らは耳を澄ませ心臓をドキドキさせ、脳みそがピリピリと緊張するわけね。それなら毎日怯えるから、当日の一時間が必ずしも短いとは言えないか」

「とは言っても裏技がある」

「裏技？　何よ、それ？」

「ロスは現状を変えようとするのが三番目の反応だとしている。独房にいても時間稼ぎができるかどうかを探ることができる」

「何を探るの？」

「自分が起こした事件の証拠などを調べ直してくれという再審請求と、犯した罪を充分反省しているから恩赦を認めてくれという請求をするのさ。請求を認めるかどうかだって、その審理に時間が掛かる。その間は慣例として刑が執行停止になる」

「ずるいね」

「ただし再審請求がなされても、個々の事例により死刑が執行されることもある。もちろん再審請求が認められれば、執行は停止される。死刑囚の六割くらいが再審請求をしているらしい」

「被害者遺族は、死刑が確定したとき、やっと来るべきものが来たと思い胸を撫で下ろしているだろう。そんな話を聞いた遺族は誰だってムカつくね」

「当然だよ。しかし遺族に再審請求などのことが伝わると思うか？」

「蚊帳の外だよね。それにしても卑怯だな。まるで罪は認めるから死刑だけは勘弁してくれって言っているみたいで潔くないよ。悪あがきじゃないか！」

「真ちゃん。そう興奮するなよ。規則は規則だから仕方がないさ」

「身勝手すぎるね。遺族が望んでいるのは、死刑囚が罪を悔いて、罰を受けることじゃないか。それなのに逃げ回っているだけなら、遺族は救われない」

「それは死刑囚が遺族に対する気持ちを抱いていれば、の話だろう」

「刑の執行を告げられたら、他人のことまで考えることはないだろうね。しかも一時間だけしかないのだから、彼らが遺言に悔悟の言葉を書くことも多分ない」

「彼らが何を書いたか、言い残したかは公表されないんだ。執行当日は時間がないから、書くとすれば前もって書いておくんだろう。何も書かない場合もあるだろうし、娑婆への恨みやつらみを書き残す事例があるかもしれない」

「言い残すのが恨みやつらみだけなら、本当に情けないね。何のために厳罰を与えられたのか分かっていないじゃないか」

「それは裁判が確定するまでと死刑が執行されるまで時間が掛かりすぎることが一因だと思うな。さっきも言ったように、俺には執行を待っている彼らが被害者や遺族のことをいつまでも気に掛けているとは思えない」

「忘れはしないだろうよ」

「俺は違うと思うな。彼らは自分が犯した罪をすでに過去のことだと考えている。ところが彼らにとっての過去とは、九分九厘、自由に振る舞っていた昔の生活のことだけのはずなんだ。一厘と九分九厘を比べてみなよ。どっちが隅っこに追いやられるんだ？」

「当然罪の方だろうね」

「そうだよ。だから彼らが他に気にしていることがあるとすれば、日々の生活に対する不満だけだと思う」

「反省してもしなくても、現状は何も変わらないからね」

「簡単に言うとそういうことだ。被害者やその遺族についての感情なんて持ち合わせていないと思う。再審との関連で俺が悔しいと思うのは、まさにそこだよ」

「何が言いたいの？」

「死刑囚と被害者やその遺族の生活を比べてみなよ。死刑囚の一日は自分だけの時間だぜ。一方、被害者は自分の将来をすべて奪われている。遺族は自分と被害者との時間を取り上げられただけでなく、その失った時間を墓場に入るまでずっと引きずって行く。不公平じゃないか」

「洋ちゃん。話が抽象的で分かりにくいよ」

「毎日とまでは言わないけれど、遺族は家でテレビを見ても、賑やかな街中に出ても、ふとした切っ掛けで否応なしに被害者の思い出をよみがえらせるはずだ。被害者と一緒に楽しく過ごした時間を目に浮かべるだけでなく、あんなこともさせたかったとか、こんなこともできたと考えるんだ。つまり遺族は自分がお墓に入るまでそういう想いから逃れられない。そういう想いを死刑囚の意識と比べると、あまりにも不公平だということ」

「そうか。遺族は過去を過去として割り切ることはできないよね。身辺整理の話のついでに死刑囚のことまで持ち出したけれど、意味がなかったね。彼らにとって死刑は自業自得だし、僕たちと同じように身辺整理で悩む必然性がない」

「自業自得と言えば、死刑囚の遺体を引き取る遺族は非常に少ないらしい」

「遺族にも世間体があるからな。戒名までもらって、正式な葬儀をする気にはならないだろうし、みんなと一緒のお墓に入れたくはないだろう。いくら仏教の世界で、〝善人猶以て往生を遂ぐ、況んや悪人をや〟、と納得することはできないだろうね」

「殊に犯罪者が特定された後は、親族はもちろん友だちだって長い間周囲の人たちから白い目で見られ、非難されたりする。親族が引っ越しをしたり、転職したりする例もあるし、結婚や婚約にヒビが入ることもある」

「そういう苦しみを経験していれば、中々親鸞上人みたいな考えで遺体を受け取ることは難しいよね」

「真ちゃん、そろそろ時間だよ。オッズの告知を整理し、前向きに考えよう」

「反省したり悔しがったりしなくてもいいように、冷静に馬を選ぶか」

場内がざわめいてきている。馬場の前にある柵にも人が並び始めている。

一番人気は四番のヒロキキュウ、二番、三番人気は三番のトークトゥウインドと六番のシナノタイヨー。

山下は、四番と三番をワイドで買った。内村はまた複勝で四番を買った。

結果は一着四番山田信大のヒロキキュウ、二着三番戸崎圭太のトークトゥウインド、三着十二番町田直希のバンドネオンだった。

山下は五百円で千七百円を獲得。一方の内村は千円で百円だけ浮かせた。

第五レース　葬儀

午後一時二十分スタート　ダート千四百メートル（外回り）（十二頭）　C二（三）（四）（五）　サラブレッド系　一般（一般競走）

空には雲一つない。冬の太陽が頑張っている。風もないし、観覧席は南向きなので、すでに帽子を脱いでいた山下は、ウィンドブレーカーのチャックをみぞおちまで下げた。それほど外は暖かいのだが、彼の懐はまだ暖まってはいない。内村はすでにコートのボタンを全部外している。しかも彼はレースごとに運転資金を着実に確保している。


「真ちゃん。今回、葬儀については何か考えたのかよ？」

「僕にとっては結構ヤバイ話題なのに、洋ちゃんは無神経に追求するね」

「ゴメン。一連の流れだから頭に浮かんだんだ」

「実を言うと少し考えた」

「何？」

「葬儀では祭壇の高いところに亡くなった人の大きな写真を置くだろう」

「うん」

「真面目な表情もあるし、口元に笑顔を浮かべたのもある。僕の場合、どんな写真を使うのかなと考えた」

「考えてみると不思議だよな。本人は棺の中にいるのに、あの写真が本人そのものになるだろう」

「そうだね。本人があの高いところから会場にいる人を眺めているような気になる」

「もしあの写真に自分の意識が残っているとすれば、友だちが来たときには、少しだけでも話がしたいし、お前は俺の代わりにもう少し酒を飲んでくれ、と言いたくなるだろうね。無理筋の話だけれど」

「僕なら、次のメインレースは、僕の誕生日を絡めた馬番で馬券を買ってくれと頼もうかな」

「それが万馬券になったりしたら、真ちゃんのために必ず酒盛りをしてやるよ」

「洋ちゃんは忘れっぽいから、いつもの思い込みで買って、結局外れるよ。でも焼香している相手にそんな気持ちが伝わるとうれしいね」

「まあその気持ちが大切だ。付き合いが深い浅いで、焼香のとき語り掛ける内容も違うからな。義理で行く葬儀だと、簡単に手を合わせるだけだ」

「洋ちゃんのときには、長い間、楽しい付き合いをさせてもらったと言おうか？　でも月並みな言葉なんて、洋ちゃんも面白くないし、聞きたくないだろう」

「改めて言ってもらうのもうれしいさ」

「僕が知っている洋ちゃんの弱みを並べ立てるのはどう？」

「ひどいね。それなら俺は祭壇から真ちゃんだけジロリと睨むぜ」

「写真の目が動くのか。後で寝覚めが悪くなるからそれは止めるよ」

「当たり前だよ」

「写真の話に戻ると、僕は人徳の内村だから、あまり気取っていない穏やかな表情にしたい」

「真ちゃん。笑顔の方がいいよ。俺なら笑っている表情を選ぶな」

「笑っていると、みんなから軽く見られないかな?」

「俺みたいに品があれば大丈夫だ」

「そうかな」

「笑顔にした場合、気になるのは死に方だろうな」

「どういう意味?」

「だってさっき話をした犯罪とか交通事故の被害者になったときに笑顔は似合わないぜ」

「そうか。悔しくてたまらないから笑顔はダメだ」

「怒り心頭に発すだから、俺に罪はないぞ、バカやろう、と怒鳴り付けるような写真にしてやるか」

「でも、洋ちゃん。犯罪の加害者なら警察で取り調べの最中かもしれないし、まだ逃走中かもしれない。そんな奴は葬儀に来ないよ。交通事故とかなら、加害者が来るかもしれないけれど、遺族が会場に入らせない場合もある」

「じゃあふつうの写真でいいのか?」

「その方が返って悔しいという雰囲気が伝わるよ。悔しさと怒りの表情だけだと、懐かしさが薄れ、みんなに嫌なことを思い出させるかもしれない」

「俺なら悔しさを見せ、寿命が尽きる前に、否応なしにあっちの世界へ投げ入れられる不条理を前面に出したい」

「それは分かるけれど、うまくいかないと思うよ」

「どうして?」

「洋ちゃんの家にあるアルバムには怒った顔や悔しい顔が写っているのか？」

「そうか。楽しいときに撮るのが写真だから、それはない。困ったな」

「今の技術だと元の写真をコピーして、コンピュータ・グラフィックスで修正できるかもしれない。洋ちゃんはそうしてもらいなよ」

「じゃあ俺が事前に写真を用意しないとダメだ」

「さっきの尊厳死の文書に、怒った顔の写真とその説明文を添付したらどう？」

「面倒くさいな」

「写真なんか、携帯やスマホで簡単に撮られるじゃないか」

「うん。でも良く考えると、その方法はマズイと思うな」

「なぜ？」

「そんな写真を用意すれば、返って不吉なことが起こるかもしれない」

「洋ちゃんは迷信を信じているのか？」

「信じてはいないけれど、〝夜爪は親の死に目に会えない〟とか、〝霊柩車が通るときは親指を手のひらの内側に握って隠せ〟や、〝北枕にするのは死人だけ〟も死を避けるためじゃないか」

「となれば、みんなと同じようにするしかないね」

「どうしようか？」

「洋ちゃん。尊厳死の文章だって万一の場合に備えるためだ。怒り狂った写真も意図は同じじゃないか」

「やはり尊厳死の文章はあのままにする。葬儀の写真もふつうの表情でいいよ」

「急に変心したね」

「だって真ちゃんがさっき言ったように、仮に俺が事故で亡くなるとしても、会場に来てくれた人は、俺の気持ちを分かってくれるはずだからさ」

「それはそうと、洋ちゃん。葬儀は亡くなった人の霊を慰めるためだよね」

「基本的には慰霊だね」

「それにしては葬儀にお金が掛かりすぎると思わないか？」

「派手にやると相当の出費になるし、地味にやっても結構お金が出ていく」

「でも生まれるときはお金なんて掛からないよ」

「出産費用が必要だ」

「それは必要経費だから火葬の費用と同じようなものだ。でも葬儀は違うよ。会場を用意し、お坊さんも頼み、通夜（式）でも告別式でも、親族にはお清めという料理や酒を用意し、会葬者には香典返しを持たせなければならない。家族が亡くなっただけでもつらいのに、大きな出費をするのはおかしいと思わないかい？」

「俺もこの前、仕事の関係で葬儀の手配を手伝ったことがある。通夜をしないで、お別れ会だけという形式だ。家族は全員で十人。亡くなった人の友だちも十人くらい来たかな。病院の担当医も来てくれた。それでも何やかやと出費があったから、全部で百万円も掛かった」

「それは高すぎるよ。たとえば百人の会葬者を予想すると、その人数分の香典返しを用意する。これは五万円から十万円で済む。でもさっき言った経費を含めると、香典をもらっても必ず赤字になる。洋ちゃんの知り合いの場合、ほとんど喪主の持ち出しになっただろう？」

「喪主は退職後にハローワークで見つけた仕事をしていた。彼の給料のことを考えると、たしかに負担が大きすぎだった」

「生まれたときなら、これからの生活がある。死ねばもう終わりだから、僕なら、葬儀に金を掛けるなとカミさんに言っておきたい」

「通夜や告別式をしなくても、市役所に死亡届けを出し、遺体を市の火葬場に持っていけば、手続き的には終わりだ。遺体の搬送料金は、病院から火葬場への直行なら、距離にもよるけれど、二万円くらいで済む。棺桶と骨壺と骨箱はそれぞれ二万円、五千円、三千円くらいで用意できる。火葬料金は二万円でお釣りが来る。だから全部で十万円もあれば、形式的には、お墓に入れることはできる」

「洋ちゃん、それって最低の料金だよね」

「もちろんそうだよ。少しだけお金を掛けたいのなら、近ごろは家族葬とか直葬を取り仕切る葬儀屋もある」

「家族葬ってどんな形態なの？」

「あの百万円はちょっと高すぎると思ったから、ちょっと調べたのさ。家族用の一部屋に花と棺だけを用意してお別れの儀式をし、火葬の世話もすることを家族葬と言い、火葬の手配だけを直葬と言うらしい。家族葬だと三十万円内外でできる。ふつうにやれば、遺体の処置や化粧だって、感染症への対策や出血防止のために十万円くらい請求される。だから家族葬なら金額的には妥当だ」

「葬儀に行ったときいつも思っていたけれど、葬儀場に並べられるたくさんの豪華な花も無駄だよね。でも世の中が家族葬だけになると、花屋や果物屋が困るだろうね」

「献花と言えば、赤いバラで祭壇を埋めてくれと頼んでいた女優もいるし、生前からの約束で花輪や果物籠の代わりに銀の薔薇を百本送った歌舞伎役者もいる」

「僕たちには縁がない世界だけれど、洋ちゃんはずいぶんと物知りだね」

「雑学は役に立たないけれどね。まあ簡易的な葬儀も需要と供給の関係だから、葬儀屋だって今の流れに対応するべきだよ」

「洋ちゃん。お坊さんの読経と、位牌や戒名はどうするの？　なくてもいいのかな？」

「お別れ会にすれば、そんなものはなくてもいいんだ。真ちゃんのところは檀那寺という自分のお寺があるのか？」

「お寺はあるけれど、僕はもう実家へ帰るつもりはないから、横浜に適当なお墓を見つけるつもりだ」

「それなら葬儀社に頼み、俗名を位牌に書いてもらえばいい。位牌は一万円以下で購入することができる」

「もし戒名をもらうとすれば、どのくらいの費用が掛かるの？」

「戒名が欲しいなら、通夜と告別式に導師と呼ばれるお坊さんに来てもらうのがふつうで、そのお礼となるお布施に戒名も含まれる」

「お布施はどのくらい包むの？」

「お布施には、枕経料、お通夜経料、骨上げ料など細かい内訳があり、戒名を含めると最低でも二十万円から三十万円は必要になる」

「それって葬儀代金の上乗せになるよね。はい、お願いします、と二つ返事はできないよ」

「今言ったのは葬儀社を通じて頼む場合の最低料金だぜ。その場合は導師が一人で来る。檀那寺に頼む場合、脇導師や役僧と呼ばれるお坊さんが付いてくることもある。そうすると、お布施の金額も高くなる。しかも戒名をふつうの五文字とか六文字にしないで、もっと増やしていくと、三十万円では済まない」

「故人の霊を慰めたいけれど、戒名が最低でも三十万円以上になるのは納得できないよ。それなら僕は俗名だけで充分だ」

「真ちゃん、お墓はどうするの？　さっき自分で見つけると言ったよね。土地と墓石も高いんだぞ」

「一坪とは言わないけれど、その半分くらいなら、何とかなるだろう」

「値段は場所と広さによるんだ。横浜だと一平方メートルでも無理だと思う」

「どうして？」

「葬儀にお金を掛けたくないのに、お墓に何百万円も出すつもり？」

「ええっ！」

「そんなに驚くなよ。しかも土地は購入することができないんだぜ。お墓として使用する権利だけだから、永代使用料を払い、さらに管理費を払うことになっている。自分で買うなんて考えずに、実家のお墓に入った方が安上がりだ」

「選択の余地はないか」

「ただし檀那寺でも永代供養の料金をはしょるわけにはいかない」

「いくらになるの？」

「最低でも二十万円は覚悟しておくことだね」

「厳しいな」

「真ちゃん。新盆や一周忌と三回忌の法事はどうするの？　これも親戚や知人を呼べば、お布施の他に、またお金が出ていくぜ」

「洋ちゃんの家では、法事をしているのか？」

「実家では親父の七七日（四十九日）のとき親戚に集まってもらった。三十人くらい来たね。でも新盆と一周忌は内輪で済ませた。三回忌は家族だけというわけにはいかないから、十数人ほど親戚に来てもらった」

「今は核家族化が進んでいるし、親戚だって近くに住んでいないよ。法事をするなら家族だけでする」

「俺も法事を大々的にする必要はないと思うけれど、葬儀だけはふつうにした方が良いかもしれない」

「費用が掛かってもということ？」

「俺たちは独りで生きているわけじゃない。家族の絆が一番大切だけれど、社会的な生活をしているじゃないか。だからふつうの葬儀にも意義があると思う」

「何があるのよ？」

「誰が亡くなったにしろ、家族にとっては精神的な喪失感が大きいから、残された人がうつ病になったりする場合も多いらしい。葬儀をしなければ、遺族は世間とまったく接触しなくなるじゃないか。家族が何人かいれば、少しは気が楽になる。でも独りだけ残され、周囲から完全に孤立してしまうのはマズイよ」

「ひきこもりは精神的に危ないね」

「葬儀をすれば、いろいろな人にお悔やみを言われる。それで元気付けられることもある。転勤していた人や同級生などと十数年ぶりに会えば、お互いに懐かしさが先に立ち、気が紛れることもある。葬儀が終わっても、それですべてが済むわけじゃない。お世話になった病院や町内会にお礼の挨拶に行ったり、香典や弔電を送ってきた人にお返しを送ったりすることも必要になる。面倒でも一つ一つ片付けなければいけないという義務感があれば、その間に自分の気持ちを落ち着かせることもできる」

「あれもこれもとすることがあるんなら、葬儀もお金だけの問題ではないということか」

「七七日や新盆の法要も、親戚やお坊さんと改めて話をする機会になる」

「お坊さんが何か話をしてくれるの？」

「見識のあるお坊さんなら、時間を取り、遺族の気持ちを斟酌していろいろな話をしてくれる。でも今は形式的に読経するだけになることも多い」

「なるほどね。カミさんのためにも、簡素でいいから葬儀をする方がいいってことか」

「そう言えば、相当前のことだけれど、幽霊の住民登録がされたままになっていたな」

「ああ、亡くなっている人の年金を家族の誰かが受け取り続けていた話ね。白骨化したままのお祖父ちゃんやお祖母ちゃんが布団の中で見つかったと報道されたこともあった」

「あれは笑えないな。年金や白骨化は別にしても、戸籍上、幽霊の最高齢は百八十六歳くらいだったし、百五十歳以上も何十人かいた」

「お坊さんを呼ばず、家族葬をしなくても、十万円あれば形だけでも亡くなった人を荼毘に付すことができる。お金をもう少し工面すれば、実家のお墓に入れることだってできるんだから、生活が苦しくても、最低限のことはするべきだね。そうすれば亡くなった家族に対する義理を果たすことができる」

「真ちゃんの言うとおりだ。自分が家族の一員だということを忘れ、遺体を放置するなんて絶対にダメだ」

「まあ僕たちもこの椅子に座ったまま白骨化し、忘れ去られる前に、馬券を買いに行くか」

「うん。あまり動きがない現状を何とかしよう」


一番人気は十番のマイネルリンク、二番、三番、四番人気は一番のアイフィルジエコー、四番のミステリーゴット、八番のガッツパワーが競っている。山下は四番と十番をワイドで買った。内村も山下と同じ馬をワイドで買った。

結果は一着十番張田京のマイネルリンク、二着四番石崎隆之のミステリーゴット、三着十二番的場文男のデアモントだった。

山下は千円で千六百円戻ってきた。内村は倍の二千円分を買ったので、三千二百円戻っている。

第六レース　治療

午後一時五十分スタート　ダート千四百メートル（外回り）（十二頭）　Ｃ二（三）（四）（五）組　サラブレッド系　一般　（一般競走）

山下が新聞の予想を検討しているうちに、内村が小走りでコンビニから戻ってきた。そして日本酒のカップとホットドッグを山下に渡した。カップはほんのりと温かく、ホットドッグは袋の中から湯気を立てている。内村はポテトチップの袋も出し、それを開けて二人の間に置いた。二人はまた乾杯し、日本酒独特のトロリとした甘さを口の中で楽しんだ。さっきのレース結果が良かったので、内村は気前がいい。

「洋ちゃん、一番良い死に方って何なのかな？」

「俺が話を続けようとしたら、真ちゃんはそういうことを思い出したくないと言ったじゃないか。もう暗い話は止めようぜ」

「他の奴とこんな話はできないよ。この際だから逆に追及させてくれよ。僕はもう職場に復帰しているから気分的には元に戻っている。ただ何となくあの世から逃げられないような意識がまとわりついているからなんだ」

「まあ一番嫌なことが、背中までスッと忍び寄ったから仕方がないな」

「夜寝る前に歯を磨くだろう」

「真ちゃんはきちんとしているんだね。俺は朝だけだね」

「そのとき鏡を見てしまう」

「何の話だよ?」

「全部聞いてくれよ」

「はい、はい」

「急いでいるときは気にしないけれど、ちょっとぼんやりしていると、入院中に病室で歯を磨いていたことを思い出すんだ。そうすると、この頭の中は本当に大丈夫なんだろうな。また急激に痛みが出たらヤバイな、と考えてしまう。洗面所で倒れ、そのままなんて嫌だろう」

「そうだな」

「だからどういう死に方がいいのかなって考えるんだ」

「良い死に方なら、ドイツの文豪ヘルマン・ヘッセが『老いる』という詩の一部にこう書いている。

〝老いた人々にとってすばらしいものは
暖炉とブルゴーニュの赤ワインと
そして最後におだやかな死だ
しかし、もっと後で、今日ではない〟

とね」

「なるほどね。暖炉の側で好きなワインを飲みながら、突然旅立つのは理想的だね」

「ちょっと待てよ、真ちゃん。ヘッセが言う穏やかな死というのは、ワインを飲んでいるときのことなのかな。暖かい場所で好きな酒を飲むというのは分かるよ。でも穏やかな死を迎えるのは、飲んだ後で好い気分になったままベッドに入り、そのまま旅立つことじゃないのか？」

「それは違うと思うよ。だってベッドに入って寝るなら、その前にトイレに行ったり、着替えをしたり、ひょっとしたら火の始末や戸締まりもしなければならないだろう。そんなことをしていたら興醒めになるじゃないか」

「たしかにあれこれと動き回ってからというのは絵にならないな。真ちゃんの言うことにも一理ある」

「ヘッセは理想を語ると同時に美的な終わり方をも望んでいるはずだ」

「なるほどね。西洋人はそういう情景に憧れるかもしれない」

「でもね、洋ちゃん。僕は日本人だから、床の間がある八畳くらいの和室にいる方がいいな」

「中々贅沢なことを言うけれど、真ちゃんが住んでいるマンションには和室がないから床の間もないだろう」

「妙なところで現実に戻さないでくれよ。理想とか憧れの話じゃないか」

「了解」

「それで季節はヘッセと同じように冬の方が似合っている」

「うん。真夏に汗をかいているとか、冷房がギンギンに効いた部屋にいるというのも情緒がないな」

「僕なら、炬燵に足を入れ、ヌル燗の日本酒をお猪口でちびちび飲みながら、テレビを見ているのが最高かな。時間は朝じゃなくて夜でもダメ。午後三時か四時くらいで、南向きのガラス窓から太陽が差し込み、お猪口を持った手を少し温めているような感じがいい。強い風が窓をガタガタ震えさせるような日も興醒めだからダメだ。そして夕ご飯の支度を始める前にカミさんが声を掛ける。寝ているかなと思って肩を揺すると応答がない。こんな感じでどうだい？」

「いつもの真ちゃんとはまるで違うね。現実主義者が突然世俗を離れてしまうなんて、驚き、桃の木、山椒の木だな」

「雑学の洋ちゃんとは感性が違うよ」

「その情景描写は最高だよ。時間も朝方はまだ寒くて落ち着かない。夜だと外が暗いし、周囲が静まりすぎている。大変なことが起こったと家族が慌てれば、返って情緒がないから、昼下がりがいい。俺もそんな逝き方に憧れるな」

「そうなりたいなら、当面はやはり無病息災でいかないとダメだね」

「真ちゃん。残念だけれど、近ごろの医者は一病息災という言葉を流行らせているんだ」

「一つの病気を抱え込んでいる方が災いを避けられるっていうこと？」

「病気のデパートだと困るけれど、持病が一つあると、いつも飲食などに気を付けるじゃないか。それが現状維持に効果があるという意味だ」

「一つだけと言っても、それが癌だったらどうするの？　怖いじゃないか」

「もう手遅れで余命が二、三週間しかないような癌は困るさ。そうでなければ、癌になっても二つの捉え方ができるんだ」

「洋ちゃん、生きるか死ぬかの二つなら、そもそも捉え方の問題にはならないよ」

「違うよ、真ちゃん。一つずつ説明させてくれ」

「簡潔に頼むね」

「一つはターミナル・ケアが絡んでいる」

「ターミナル・ケアって何よ」

「今の世の中、横文字が氾濫しすぎているから困るよな」

「自分で横文字を使っておいて、それはないだろう」

「ゴメン。ターミナル・ケアというのは末期癌などの患者に対する医療のことで緩和ケアとも呼ばれている。つまり積極的な治療をしても病状の回復が見込まれない場合の医療のことだ」

「今朝洋ちゃんが言った先輩の奥さんのように、抗癌剤や放射線治療もダメな場合か？」

「最近は重粒子線による癌治療などもあるけれど、化学療法や放射線治療で癌細胞をたたいても、治療自体が健康な細胞を傷つけることも多いし、副作用が強すぎることもある。そうすると返って命を縮めてしまうから、患者に意識があり、ある程度行動の自由があれば、治療より痛みの緩和を優先させることをターミナル・ケアと言うんだ」

「それはさっきヘッセが言った穏やかな死とはまるで違うよ」

「まあそうなるね。ターミナル・ケアは療養のようなものだから、本格的な延命治療はしない。自宅や特別な施設がある病院でするものなんだ」

「そんなことができるの？」

「ああ。必要最低限の機器を使い、気分が悪くならないように薬を飲んだりするだけなんだ。自宅にいる場合なら、ときどきは病院に行くし、自宅で医者や看護師の訪問看護も受けたりする」

「そんなことが本当にできるなら楽だね。友だちが見舞いに来たいと言っても、自宅なら面会時間の制限もないし、隣のベッドの患者に気を遣う必要もなくなる」

「そこが長所なんだ。病院にいる場合なら、その施設をホスピスと言い、個室に入っているので、面会時間の制限も緩やかになっている」

「最期を迎えるなら、僕もその方がありがたい。でも末期癌患者って痛みに苦しむというじゃないか。それはどうするの？」

「今は薬で激痛を抑えることができる」

「ひょっとしてモルヒネを使うのか？」

「うん」

「モルヒネって麻薬の一種だろう。依存症になるからヤバイじゃないか」

「それは昔の話だよ。最近はモルヒネにも内服薬があり、中毒しないように処方できるから依存症を心配しなくてもいいんだ」

「内服薬なら自宅でも服用できるね」

「だからターミナル・ケアの目的は精神的に落ち着いて死に立ち向かってもらうことなんだ」

「楽しくはなさそうだけれど、穏やかな死にならなくはないね。癌になった場合のもう一つの捉え方って何よ？」

「毎年百万人が病気で亡くなるけれど、そのうちの三割が癌患者なんだ。後は心臓病や、真ちゃんが経験した脳疾患とか肺炎になる。これらは突然発症するから先が読めない。もちろん交通事故や業務上の事故や自然災害や犯罪で命を落とすことも自分では対処できない例だ」

「じゃあ洋ちゃんが言いたい二つ目は、ターミナル・ケアを利用することができるようになったので、癌になった方がいいってことか？」

「一概に良し悪しを決めるわけには行かないけれど、末期癌なら先が読みやすいという利点がある」

「でも癌になりたい人はいないよ」

「真ちゃん。もう二十年以上前になるけれど、近藤誠という医者が、『患者よ、がんと闘うな』という評論を出している。聞いたことがないかい？」

「僕は仕事一辺倒でやっているからそんなことは知らないよ」

「中々言うね。彼は患者に諦めろと言ってはいない」

「闘うなと諦めろとは同じ意味だよ」

「違うよ。近藤先生の意図は、逆に癌で死にたいということだ」

「どうして？」

「近藤先生が言い出しっぺかどうかは分からない。他に大田満夫とか朝日俊彦という医者も、癌で死にたいって言っている。そういう考えをする医者が増えているらしい」

「だから、どうして癌で死にたいの？」

「朝日先生は癌を恐れていなかったけれど、大田先生は最初癌を恐れていて、後から考えを変えた。だって癌になれば特効薬なんてないからな」

「早期発見なら治るじゃないか」

「一期、二期、三期、四期などに分けられた症状で、二期までなら何とか完治を期待することができる。三期だと完治は無理かもしれない。四期なら癌が他の場所へ転移しているから治療法がない」

「なぜ大田先生は考え方を変えたの？」

「四つの理由がある。癌患者が五人いれば、四人が痛みに悩まされるらしい。この痛みについては、さっき言ったように、緩和ケアで対処できる」

「子供じゃないんだから察しろよ。大人の世界は手取り足取りじゃないんだ」

「洋ちゃんが初めからもう少していねいに説明してくれれば、話が早いと思うよ」

「まるで卒論の面接をしているみたいだな……。あっ、分かった。人間が生まれた瞬間から死は近づいてくる。まずそこを事実として認識し、癌も宿命の一つとして受け止めれば怖さも少しは減ってくるということか」

「真ちゃん。出発点にする意味をよく考えてみなよ」

「僕はそんな考え方をしたくないよ。その後に何があるの？　何もないじゃないか」

「違うな。癌を宿命だと捉え、そこから出発するんだ」

「初めから希望を捨てろという意味なら、諦めろと同じだよ」

「運動や栄養を考えた食事は必要だよ。要は、自分は癌にならないと盲信してもダメだってこと」

「なるほどね。じゃあ適度な運動をしたり、バランス良く食べたりすることに意味はないのか？」

「それはたまたま生存中に癌を発症しなかっただけだと説明されている。だって死因が肺炎だったとき、その遺体を癌検査に回す家族はいないだろう」

「でも癌にならない人がいるじゃないか」

「他の病気に罹らないようにしても、俺たちの体を作る細胞の中には癌の元になる遺伝子があるんだ。つまり俺たちが健康に気を付け、他の病気をしなくても、遅かれ早かれ癌になる可能性が高いってことさ」

「時間的にそういう余裕があるといいね。じゃあ三つ目は？」

「二つ目は、今言った癌の進行度合いで余命が推定できるので、身辺整理にしろ、遺り残したことなどをある程度実行することができるからだ」

「じゃあ二つ目の理由は？」

「友だちだからこそ、痒いところへ手が届くように話すべきじゃないか。もう長いこと付き合っているんだよ。ガッカリだな」

「そんなふてくされるなよ。紅顔の美中年が台無しだ」

「洋ちゃんの場合、面の皮が厚い厚顔だね」

「いずれにしても癌を避けることはできないと自覚したことが、癌を怖がらなくなった三つ目の理由だ」

「で、四番目は？」

「認知症になりたくないからだよ」

「他にも病気があるのに、どうして認知症だけを悪者にするの？」

「この病気は徐々に進行するからだ」

「そこを問題にしているってこと？」

「認知症になっても他の病気を併発しなければ、その患者は老衰するまで生き続けるからだよ」

「なるほどね。認知症で生き続けるのも、植物状態になって生きるのと同じで、つらいよね。アルツハイマーも認知症だっけ？」

「アルツハイマーも認知症の中に入っている。昔は痴呆症と言っていた認知症の場合、知能が徐々に低下していくけれど、早い時期に家族の協力があると、知能が少し回復することもある。だからリハビリが有効になる患者もいる。ところがアルツハイマーの場合、記憶をなくすなどの症状がどんどん進行していくだけになる」

「薬はないのか？」

「一般的な認知症ではいろいろな薬を使うけれど、症状を緩和したり脳の機能の低下を抑えたりで、要は進行を遅くするだけなんだ。アルツハイマーの場合、薬の効果は非常に限定されているらしい」

「認知症になると、五分前に食事を済ましても、また食べさせてくれと言ったりするんだろう？」

「ご飯の問題も悩みの種の一つだ。それに、こんなことをしたらダメだよ、と強く言うと、本人が気分を害し、さらに閉じこもってしまうから症状がひどくなる」

「ふつうの人だって自尊心を傷付けられたり、価値観を否定されたりすれば怒るからね」

「もっと困るのは、まだ本人に常識があっても、物事の関連性が薄れてくることらしい」

「どういうこと？」

「たとえばお漏らしだよ」

「大人用の紙おむつをすればいいじゃないか」

「そういうことじゃなくて、汚れた紙おむつは捨てればいいだけだろう？」

「そうだよ。そのための紙おむつだ」

「ところが汚れた紙おむつを洗濯機に入れて洗おうとする人がいる。紙おむつを洗濯機に入れたらどうなると思う？」

「尿ならまだしも、便が他の洗濯ものとゴチャゴチャに混ざるから、洗濯機に入れるのはマズイよ。全部捨てなければならないだろう」

「単に尿だけでも大問題になるんだ。たった一枚の紙おむつに入っているポリマーの粒が、最低十リットルくらいの水を吸収して膨らんでしまう」

「すごい威力だね」

「だから洗濯機の排水溝がポリマーで詰まることもあるし、一つ一つの粒が他の衣類に絡み付いてしまう」

「それも処理が面倒だね」

「お漏らしで言えば、本人には便が汚いとか、漏らしたことが恥ずかしいという意識がまだ残っている。だからおむつやズボンに付いた便を箪笥の中や座布団の下に隠したりもする。匂いと衛生上の問題があるから家族は苦労する」

「排便は毎日のことだから、家族はつらいし、困るよね」

「だから癌で死にたいという大田先生の考えはよく分かるだろう」

「洋ちゃんが最初に言った近藤先生も、その四つの理由があるから癌と闘うな、と言っているのか？」

「意図は同じだと思う。癌の手術をすれば、まず二、三日は集中治療室にいる。このときは動けない。病棟に戻ってきても、点滴はもちろんだけれど、しばらくの間は余分な血を出すカテーテルや、尿のカテーテルも付けられる。痛みで苦しむ上に、行動の自由を束縛される。そんなことをするより、精神的な自由を大切にしたいという意味じゃないかな」

「よし、今日から癌になるぞ、と決心するか」

「何だよ、真ちゃん。毎日脂肪分の多い食事にし、腹一杯食べ、運動はできるだけしないようにするつもり？」

「それは無駄か。だって先生たちが言っているのは癌になろうではなく、癌になっても生活の質を落とさないような対処法があると主張しているからだもんね」

「うん。そんな無謀な生活をしていたら、心臓や脳が先に悲鳴を上げ、突然死になる。それだと穏やかな死を意識して迎えることにはならない」

「本当に歳は取りたくないね。癌になってからのことまで考えなければいけないんだから」

「ここで問題なのは、日本が高齢化社会にズッポリ入り込んでいることだよ」

「どういう意味？」

「真ちゃん、高齢者というのは何歳からか知っている？」

「ふつうの定年が六十歳だから七十歳か？」

「妙だと思うかもしれないけれど、国際連合の会議で六十五歳以上の人を高齢者と定義している」

「国連がそんなことを決めるのか。驚いたね」

「国連によると、高齢化社会というのは高齢者の割合が人口の七パーセント以上になっている社会のことだ。日本は一九七〇年にもう高齢化社会になった。それが三十六年後の二〇〇六年には二十パーセントを超えてしまった。近々二十五パーセントを超えてしまう。つまり今街に出て会う人の四人に一人が高齢者だということだ」

「だから医療費負担や年金の負担が国家的な問題になるはずだ。その上当時の社会保険庁が大きなヘマをしている」

「無駄な箱物を建て、俺たちが払った金をドブに捨てたからな。高齢化の話に戻るけれど、最近の日本人の平均寿命は、男で八十年、女で八十六年になっている」

「日本は世界一の長寿国だ」

「問題はそこだ。俺たちも十年くらいで仲間入りする」

「洋ちゃんは後七年だ」

「こういうときの真ちゃんは数字に正確だね。もう一回言うよ。問題はすぐに四人に一人が高齢者になることだ」

「だから？」

「つまり若い人たち三人が高齢者一人の面倒を見る時代が来る」

「若い人と言っても、赤ちゃんから学生まで含まれているじゃないか。彼らには収入がないから、働き盛りの人の負担がもっと大きくなるということだろう」

「そのとおりさ。俺たちにはまだ時間があると言っても、現実は切迫している。もし彼らが俺たちの世話をしてくれなければ、俺たちが自分で自分の世話をしなければならなくなる」

「そんなことは無理だよ。歳を取ると体力はなくなるし、病気にも抵抗力がなくなるから、他人の世話までできるわけないじゃないか」

「だから先が読めなくて介護が必要になる認知症にはならない方がいいってことさ。それであの先生たちは癌の方が扱いやすいという判断をしたんだろう。俺だって選択肢があるなら癌を選ぶ」

「現実がつらいのに、将来はなおつらくなるのか。お先真っ暗だね。男の平均寿命が八十歳なら、僕は七十九歳ころに癌になればいいってことだ」

「あのね、真ちゃん。平均寿命は生まれたときを基準にして計算したものだから、今の自分の年齢から足し引きしても意味がない。それに平均寿命が八十歳でも、七十歳からずっと入退院を繰り返しているかもしれない」

「じゃあ変な数字で妙な希望を与えるのはおかしいだろう」

「そういう誤解を避けるために考えられたのが健康寿命なんだ。つまりどのくらい健康状態を保って生きることができるかの目安になっている」

「いい響きだけれど、健康寿命は平均寿命より少なくなるだろう？」

「正解」

「実際にはどれくらい下がるの？」

「各国の経済状態や衛生状態、医療支援体制などによりそれぞれ違う。日本では男は十年くらいを、女は十二年くらいを平均寿命から引いた数字が健康寿命になるらしい」

「そうすると健康寿命は、男が七十歳くらいで、女が七十四歳くらいか。じゃあ洋ちゃん。一病息災なら健康寿命までは生きることができるね」

「個々人の状況にもよるけれど、その可能性が高いだろうな」

「洋ちゃんがさっき言ったホスピスなどは癌患者の場合だよね。癌ではないにしても、独り暮らしをしていれば認知症に罹りやすくなるんじゃないの？」

「それが問題なんだ。外部との接触が頻繁ならいいけれど、風邪をひいて寝込んだりすることが度重なるのも良くはないな」

「家族や親戚や隣近所との繋がりも大切になってくるんだね」

「そこで頼るのは行政しかない。でも一週間に一度くらいの訪問看護では、症状の悪化は止められない」

「じゃあどうすればいいのさ？」

「つまるところ、自分の意識の持ち方だと思うな」

「どういう意味？」

「常に今日は大丈夫か、明日はどうだという意識をもって先に手を打つしかないだろう。認知症になり掛けたときって、周りの人も気が付くはずだし、自分でもおかしいなと思うはずなんだ。最近物忘れがひどいなとか気付いたら、老人ホームなどを自分で探せばいい。役所に相談してもいい。そのときすぐ行動すれば何とかなるじゃないか」

「なるほどね。自己責任の問題と言うことか」

「いざとなったら、ふつうの老人ホームではなく、病院の機能がある介護老人保健施設や介護療養型医療施設に入ることができる。認知症患者が生活の役割分担をしているグループホームを利用することもできる」

「そういう施設は当然無料じゃないよね」

「自治体が運営していれば、民間の施設と比べると割安だ。しかし公共施設は満杯になっているから、入る順番を待つらしい」

「結局、金の話になるのか」

「そういうこと。民間の老人ホームの例しか知らないけれど、まず食事代と光熱費が必要で、施設の管理費も十万円くらい掛かる。自分の小遣いも少しはあった方がいい。入居するときには一時金を支払うのがふつうだ。これも施設が整っていればいるほど金額は高くなる。いずれにしても月々二十万円くらいの支払いが必要になる。仮に一時金が一千万円だとすると、最初の一年だけでも一千二百四十万円が必要だ。物価上昇がないとしても、それからは一年ごとに二百四十万円が払えないと施設で暮らすことはできない」

「僕たちがもらう退職金と年金なんて高が知れているだろう。一人が老人ホームに入り、もう一人が自宅にいるような二重生活はできないよ。僕が認知症になったら、カミさんに面倒を看てもらうしかないね」

「お金のことを言えば俺のところだって同じだよ。それに夫婦の一方が他方を介護すると言っても、現実には無理だぜ」

「どうしてさ?」

「介護のことが分かってないな。本人の意識がハッキリしていても、車椅子でしか移動できない場合や、寝たきりの場合もある。そうすると服の着替えだけでなく、トイレやお風呂でも手助けが必要になるんだ。食事が自分でできない場合もある」

「つまり、元気な方は一日中相手の世話をしなければいけなくなるということか」

「四六時中じゃないから、買い物に出かけたり息抜きをしたりすることはできる。でも基本的には何から何まで自分一人でしなければならなくなる。最初は気が張っているけれど、症状が改善しないのが前提だから、元気な方の負担がどんどん大きくなる」

「若いころに比べると体力がないから、次第につらくなるだろうね。しかもカミさんが僕の世話をするとなれば、力が弱い分、よけいに面倒を掛けることになる」

「だから介護保険があり、介護が必要な度合いを判定してもらい、外部に助けてもらうのさ。そうしないと自分の身体が持たないよ」

「それが要介護度ということか」

「うん。要支援一から二と要介護一から五までとの七段階ある。介護度を認定され、自宅で介護の支援を受ければ、それぞれのサービスに対し費用を払わなければならない。ただし施設に入っていても請求される金額は同じだ」

「介護保険で賄うことができるだろう?」

「介護度により保険で充当される上限が決まっている。たとえば一番重い要介護五だと月額で三十六万円くらいになる」

「三十六万円なら充分だよ」

「バカだね。要介護度が五ということは、何から何まで全部自分ではできない状態だよ。それにサービスに対する費用は、その都度基本的に一割を負担しなければならない」

「健康保険と同じで、介護保険があってもただにはならないってことか。もし上限を超えたらどうするの?」

「全部自分で払うことになる。ちなみにお風呂に入るのを手伝ってもらうと一回に一万三千円くらい掛かるから、実際に払うのは千三百円だ」

「千三百円なら何とかなると一瞬思ったけれど、一ヵ月に何度入浴するかによるよね。三日に一度でも一ヵ月の支払いは一万三千円になる。しかし必要になる経費は入浴支援だけじゃないよね。要は、自分で何ができるか、何を介護サービスに頼るかを決めておかないと、月々の生計を限度内に抑えることができなくなる」

「その相談相手になるのが介護支援専門員だ。サービスは一つ一つ加算されるから、出費をさっき言った上限を超えないようにしなければならない。とは言ってもサービスはすべて時間単位だ。費用を削るためにサービスを減らすと、夫婦で元気な方の負担が増えることになる。介護は毎日二十四時間、一週間七日のことだから、気が休まらない」

「それはサービスを受けていても、という話だろう?」

「もちろんさ。サービスを受けていなければ、いずれ心身ともに疲れ果ててしまう」

「だから自宅にいる場合、切羽詰まって相手を手に掛け、自分も後を追おうとするんだね」

「後を追うとしても悲惨だよ。誰も看取る人がいないはずだから、しばらくは二人とも放置されたままになる。もし自分が死にきれなければ、自責の念に苛まれながら服役しなければならない」

「……。現実にあちこちで似たような事件が起こっているから、想像するだけで気が滅入るね。やはり癌になり余命を告知された方が気分的にはまだ救いがあるかもしれない」

「俺が知っている例だと、認知症で十五年もホームに入っていた人がいる」

「十五年か……。もし自宅にいたとしたら、と考えるとつらすぎるね」

「真ちゃん。今の俺たちは人に頼らないで頑張ろうよ」

「認知症になっていないんだから、今こそ脳をフル回転させ、ガツンと一発やろう」

二人は電光掲示板のオッズを確認し、マークシートに自分が選んだ馬番を書き込んだ。そしてそのシートの端をしっかりと握って立ち上がった。

人気は一番ナイススピード、四番シゲルウォンツ、七番ミヤビクロスオーで割れている。山下は、四番と七番をワイドで買った。内村は七番を複勝にした。

結果は一着二番繁田健一のファンダフル、二着四番山崎誠士のシゲルウォンツ、三着九番酒井忍のキーププロミスだった。

山下の千円が消え、内村の千円も消えた。内村にとっては初めてのミスだ。

第七レース　来世

午後二時二十分スタート　ダート千五百メートル（外回り）（九頭）　C一（五）（六）組　サラブレッド系一般　（一般競走）

　山下と内村はまばらになった観覧席に残り、新聞の予想欄を真剣に読んでいる。

　それまでのレースでは毎回十二頭前後が出走していたが、次のレースでは九頭しか走らない。出走馬の数が少ないので、理論的には勝ち馬を選ぶ確率は高くなる。勝ちそうな馬を一頭選び、その馬と二着三着を争いそうな馬の組み合わせにし、配当を高くしたいところだ。現実的にはその三頭を複勝で買えば、外す確率は少ない。しかしここで欲が出る。だから競馬ファンは悩む。予想した馬が中々来ないのが競馬なのだ。

　山下も内村もそれは分かっている。その上で競馬を楽しんでいる。ゲートが開いてから馬が駆け出し、ゴールへ駆け込むまでのわずか一分数十秒のレースに一喜一憂する。

　二人は電光掲示板のオッズを眺めた後、マークシートの馬番をいくつか塗りつぶした。今回は決断が早い。

「ところで真ちゃん。競馬場の雰囲気って面白いと思わないか？」

「急に何を言い出すんだよ」

「だってレース前の一、二分はみんなそわそわしているし、緊張もしている。だから買った馬券を再確認したりもする。スタートしたら、自分が選んだ馬の動きを真剣に追い掛ける。出遅れたらダメだけれど、最初から突っ走ると息が続かなくなるから、中団にいればいいと思い、無理はするなと言いたくなる。第二コーナーから第三コーナーの直線は力をためて先頭集団に近づくだけでいい。第四コーナーを回るときには自分の位置を確認し、馬群から抜け出すように走って欲しい。最後の直線コースではまっしぐらにゴールへ走ってもらいたい。それでみんなの興奮が最高潮になる」

「それが競馬の醍醐味だよ」

「でもさ、一旦レースが終わると、競馬場全体がまるで波が引いたように静かになり、観覧席がまばらになる。それを繰り返して一日が終わる。これって恋愛とか人生の縮図みたいだと思わないか?」

「人生の縮図?　僕には男と女が出会ったり、仕事で業績を上げたりすることと似ているとは思えないね」

「そうかな。ドラマがあるという意味では同じだと思うよ。まあ今日は俺たち二人にとって久しぶりのレースだから、懐を温かくして帰ろうぜ」

「そうしたいけれど、洋ちゃんが人生なんて言うから変なことを考えちゃったよ」

「何だよ?」

「こうして観覧席が殺風景になると、お迎えが来るときもこんな感じになるのかと思った」

「こんなに太陽が輝いているのに、朝から病気のことばかり話題にしてきたからな。ゴメン、俺が悪い」

「それで聞くんだけれど、能天気の洋ちゃんでも夜眠れないことがあるの?」

「日々充実した時間を過ごしている俺の寝付きは割といい方だよ。でもときどきこのまま目が覚めなかったらと考えることはある」

「そういうときはどうするの?」

「俺も嫌な気持ちになるけれど、いつのまにか眠りに落ちているな」

「洋ちゃんは気楽でいいね」

「誰だって死ぬのは嫌さ。でも所詮は意識の持ち方の問題だぜ。真ちゃんも俺も今この瞬間は生きていることを実感しているじゃないか。だから今日と同じように明日を迎えたい。そして同じような生活をしたい。睡眠で頭と体を休ませると考えなよ」

「さっきも言ったように、僕が眠られないときは、頭のどこかで出血することを考えたりもするし、自分の意識だけが宙に浮かんでいるような気になったりもする」

「真ちゃんは霊魂の存在を信じているのか？　現実主義者だろう」

「冷たく言い放つね。洋ちゃんにはもっと暖かい血が流れていないの？」

「俺は元々豊かな感情を持ち、愛情にあふれた人間なの。でも最期だけは自分を冷静に見る目を持っている。と言うか、そのつもりだけれどな」

「洋ちゃんが悟りの境地に達しているとは思えないね。業の塊かデパートだよ。でも人間はなぜ来世のことを考えるんだろう？」

「それは俺たちがこれまで何度も前世、現世、来世という言葉を見たり聞いたりしているからだよ」

「仏教で言う輪廻転生のことだね」

「そう言えば、インドで生まれた仏教の世界について、この前ラジオで面白いことを言っていた」

「今のインドはヒンズー教だよ。仏教とは違う」

「だからインドで生まれたと言ったじゃないか。ヒンズー教は紀元前十五世紀ころに聖典ができたと言われるバラモン教の流れの中から生まれている。そして多神教で、ヴィシュヌ神やシヴァ神などたくさんの神がいる。仏教は、紀元前五世紀に釈迦が生まれ、その弟子が釈迦の言葉を教えとして広めていった。ついでに言うと、キリスト教は紀元前から紀元後まで生きたイエス・キリストの教えを十二人の使徒が伝えていったものだ」

「宗教の話をするなら、信者が多いもう一つのイスラム教を含めないとダメだろう。これはどうなの?」

「イスラム教は六世紀ころに生まれ、万有の主で、唯一の神とされるアッラーがいて、最高の預言者モハメッドがそのアッラーの教えをクルアーン(コーラン)として伝えていった」

「その四つの宗教ではみんな来世があるの?」

「ヒンズー教の場合は少し異質で、他の宗教では一応来世がある。イスラム教とキリスト教は根っこが同じだから天国がある。ただし初期のキリスト教の場合、天国は抽象的な救いの場所という意味で、安らかに暮らすことができるところだったらしい。多分砂漠のオアシスからの発想だろうな。それが時代の移り変わりにつれ、次第に楽しく宴会ができたり、神に会うことができたりする場所となったみたいだ」

「砂漠が多い場所で生活をしていれば、水が豊富なオアシスは大切だろうね」

「一方、イスラム教だと天国はもう少し現実味をおびた救いの場所になっているらしい。例えば清浄な水が流れる川、乳の流れる川、酒の流れる川、蜜の流れる川があり、綺麗な服を着て、ゆったりと暮らすことができる場所だ。極端な話をすると、信仰の厚い男が天国に行くと、七十二人の処女を配偶者にすることができるらしい」

「女はどうなるの?」

「少女に生まれ変わると言われている」

「それは不公平じゃないか」

「男の考え方が中心になっているからだよ。俺たちも知っている仏教では極楽がある」

「極楽浄土だね」

「極楽と浄土はほぼ同じ意味らしい。悟りを得て亡くなった人が平和で安らかに暮らす場所が極楽だ。浄土の方は清らかな場所という意味が強い。もう一つ涅槃という言葉がある。これは釈迦が亡くなるという意味に加え、悟りを得て安らかな境地に至るという意味もある」

「ヒンズー教の場合はどうなるの？」

「ヒンズー教では、教えを守り、悟りを開き、ヨガなどの修業の後で解脱して天界に行く」

「悟りと解脱とは違うのかよ」

「俺たちには同じような気がするけれど、悟りは現世での意識の到達点となり、一方、解脱というのは魂となり天界へ行くことらしい。だから悟りを得る前に、まず世の中のことを学び、結婚して家庭を築くことが前提になっている」

「へぇー、ふつうの生活が基本になるなら、僕だって有資格者だね」

「でもね、悟った後がつらいよ」

「どういう意味？」

「悟りを得たらまず家庭を離れる」

「家を捨てるってこと？」

「そう。悟りを実践するための手段だから仕方がない。それから修行をするんだ。そして世俗的な束縛と精神的な束縛から解放されたとき、初めて解脱すると言われている」

「家庭から離れたり厳しい修行をしたりすることが必要条件になるなら、ふつうの人は解脱できないだろう」

「俺もそう思うけれど、インドのタゴールという詩人は、必ずしも修行が必要ではないと考えてみたいだね」

「誰なの？　いつごろの人？」

「タゴールはインドが独立する少し前に亡くなっているけれど、その三十年くらい前にノーベル賞をもらっている。日本でも有名なガンジー首相より少し年上で、彼とも親交があった。タゴールは解脱することを信じていたようだ」

「つまり、悟りを得て、本当に解脱したってこと？」

「彼が書き残したものよれば、本人はそう思い込んで亡くなったようだね」

「眉唾じゃないの？」

「真ちゃん。途中で茶々を入れるなよ」

「ゴメン」

「タゴールは、体が弱くなってから世俗の欲望に執着しなくなったらしい。そして自分の肉体に対峙するものとして、魂の存在を強く意識し、その魂をこれまでの人生経験が蓄積され、凝集された存在だと捉えた」

「それは理性と感性とがギュウギュウに詰まったノーベル賞魂だね」

「またかよ…。とにかくタゴールは、研ぎ澄まされた感覚で自我を意識したということだろう。次に彼はその魂が永遠の存在になることを意識した。彼は死を現世から来世への出発点と捉え、この過程は決して嘆くべきものではないと納得した。つまり死の瞬間をむしろ喜んで踏み出すべきときなのだと意識したようだ」

「医者のロスが言った五番目の反応に似ているね」

「うん。タゴールの意識の流れは分かるけれど、厳密には彼が解脱を達成したとは言えないと思うんだ」

「その根拠は？」

「だってヒンズー教では修行の最終段階で断食をすることになっている。彼は詩作をしていたし、インドの独立を目指す活動もしていたから、ヨガなどの厳しい修行はしていないはずだ。それに体が弱って食が細くなることと、断食をすることとは似て非なるもんだろう」

「戒律を守り修行をするという前提が崩れているなら、タゴールは自己流の解釈をしたことになるね」

「多分本人も修行や断食については足りなかったことを自覚していたはずだ。でも解脱の前提として大切なのは、人間の業から離れることだから、自分の意識の中に迷いはなく、希望を持って旅立ったということになるんだろう」

「洋ちゃんはさっきヒンズー教が異質だと言ったけれど、解脱した後に来世はないのか？」

「解脱した魂はまず天界に行く。しかし天界は他の宗教のように安楽に暮らすという世界にはなっていなくて、魂はそこで梵（ぼん、ブラフマン）という宇宙万物の根本原理と一体化することになっている。それが最終的に到達する境地らしい」

「宇宙という存在自体との一体化か。分からなくはないけれど、ヒンズー教と比べると、僕には仏教の極楽の方が親しみやすい」

「真ちゃんならそう言うと思ったよ。でも仏教が生まれたとき、極楽は存在しなかった」

「どうして？」

「釈迦が極楽について何も触れていなかったからさ」

「じゃあ霊魂もなかったのか？」

「霊魂の存在を考える必要性がなかったのさ。つまり、他の宗教のように天国とか霊魂があると信じること自体、安楽を求めるという欲望の現れになる。それがそもそも人間の業で、煩悩の原因になる。だから釈迦は悟りを開くだけで充分だと考えていたようだ」

「現世が中心だと考えれば、論理的には矛盾がないね」

「ところが後世の人はそれだけでは満足できなくて、霊魂や極楽があり、それを善行や悪行と結び付けて捉えるようになり、輪廻があると信じ始めたみたいだ。同じようにヤハウェを唯一の神とするユダヤ教でもその初期には来世がなかった」

「初期にはと言うことは、後で来世ができたという意味だよね」

「そう」

「つまり宗教も変遷するってことか」

「人間が創り上げるものは、欲望や希望を反映するものだからな」

「欲望と言えば、僕たちは煩悩の塊だよ。煩悩を捨てられないまま死ぬと、来世では豚になったり虫になったりを繰り返すと言われているだろう。死ぬ前にそんなことを意識していたら、死んでも死にきれないと思わないか？」

「ダンテの神曲と同じで、輪廻があるというのも悪いことをするなという教えの一つだろう」

「輪廻にはたしか六つの世界があるんだよね」

「仏教では六道と言い、悟りを得るまでに、天、人間、阿修羅、畜生、餓鬼、地獄に繰り返し生まれることになっている。ヒンズー教にも似たような捉え方があるらしい」

「洋ちゃん。一つ変なところがあるよ。天というのは極楽とか天界のことだろう？」

「一般的にはそれに非常に近い意味で使われている」

「もし天が輪廻に含まれていたら、天に行った人は輪廻から抜け出す必要がないはずだ」

「天の上に極楽があるんだ。つまり六道の一番上にある天に到達しても、ずっと天に居続けることはできないらしい」

「そんなバカな！　善行を積むからこそ天に行くことができるんじゃないのか」

「簡単に言うと、貯金した善行を使い果たしてしまえば、また下界に戻るってことだろう」

「じゃあ天では善行通帳を持ちながらビクビクして生活をするのかよ？　内村さん、残高がもう少なくなりましたね、なんて言われてみろ。心が落ち着くわけがない」

「天という安らかな環境にいれば雑念が入らないから精進しやすくなると解釈すればいいじゃないか」

「だから天にいてもやはり精進が必要になるという意味だろう。やっと人間界を離れ、天に到着しても、一に精進、二に精進、三に精進じゃつらすぎるよ。悟りも梵も僕には無理。そんな難しいことばかりしていたら、僕たち庶民は極楽への希望なんて持ち得ないし、極楽が夢のまた夢の世界になる。洋ちゃん。そんなのは本当に無理だよ」

「真ちゃん。宗教を非難するのは構わないけれど、俺に非難の矛先を向けないで欲しいな。そもそも宗教の宗は、主だったものとか一番大切なことを意味する。つまり宗教とは、一番大切な教えということだ。簡単に極楽へ行くことができないから、善行を積み精進に励みなさいってことさ」

「ため息が出るね。僕は自分の家を捨ててまでヒンズー教の解脱まで修行しようなんて考えたくもない。仏教でも多分善行が足りないから来世は望めないし、望まない」

「真ちゃん、少し希望もあるよ」

「どこに？」

「一般的に亡くなった人を仏と言うじゃない」

「そうだね」

「厳密に言うと、その使い方は間違っている。東南アジアに広まった小乗仏教では、釈迦だけが仏だ。中国や日本に広まった大乗仏教では釈迦も仏の一人になる。ヒンズー教でも釈迦は神の一人でしかない。俺たちが理解している仏とは、大乗仏教で仏になるという意味だ。つまり精進すれば誰でも仏になることができる」

「それは大歓迎だよ。僕なら大乗仏教を選ぶ。それなりに精進して、それなりに仏になり安らかに暮らすよ」

「来世があるとすればね」

「ところで今の中国は仏教の国じゃないよね。儒教が国教になるのかい？」

「正確に言えば、利益中心修正主義的毛沢東教じゃないかな」

「洋ちゃんこそ話を茶化すなよ」

「でもさ、最近の中国は法があって人があるのではなく、共産党のために法を作っているような流れがある」

「だから毛沢東教なのかい？」

「多分ね」

「でも釈迦と三蔵法師と孫悟空が出てくる西遊記のころは、仏教が広まっていたんだろう？」

「西遊記が書かれたのは十六世紀で、三蔵法師と呼ばれた玄奘が西域からインドへ行ったのは七世紀だ。だから七世紀ころまで仏教が盛んだったのは事実だけれど、その後の仏教は儒教と道教と政治によって隅に追いやられたようだね」

「じゃあ中国を牛耳っているのは孔子や老子なのか？」

「孔子は紀元前六世紀から五世紀の人で、儒教の始祖となり、君主と臣下や夫婦や親子などについて、望ましい関係を築くことを教えている。その中心になっているのが仁義礼智信という教えだ。神の存在がないし、人間の死後の世界もないとされているから、宗教ではないという考え方もある」

「単に思想ということか？」

「そういうこと。一方、道教は紀元前五世紀ないし三世紀に生きた老子や荘子が始祖になっている宗教だと言う人たちがいるし、道教と老荘思想とは別物だと言う人たちもいる」

「道教が宗教なら、来世があるんだろう？」

「道教は宇宙と人間との根本的な繋がりを道とし、人がその道を究めると仙人になると言われている」

「分かった。仙人が住む場所が来世なんだね」

「来世は天界と呼ばれているけれど、仙人の存在自体に辻褄が合わないことがある」

「どういうこと？」

「昔の中国には、仙人が日照りのときに雨を降らせたりして人助けをするという話がたくさんある。さらに仙人は不老長寿で、現世と天界とを行き来しているとも言われている」

「仙人には不思議な能力が備わっているということだろう」

「それはそれでいいけれど、書き残されたものを読むと、不老長寿の仙人の年齢がまちまちなんだ。二百歳くらいの仙人もいるし、三百歳を超えている仙人もいる。ただし千歳とかの記述は見当たらない。仙人が不老長寿だとするなら、そもそも実年齢を数えることに意味はない。道を究めた人が仙人になるなら、仙人がなぜ現世と天界とを行き来する必要があるのかを説明できない」

「洋ちゃん。それは人間を助けるためじゃないか」

「救済が目的なら、みんなから感謝される現世に残ればいい」

「そうだよね。それが善行だし、天界に行く必要はないか」

「ところが不老長寿とされる仙人はみんなある日突然昇天して、天界に行ってしまうらしい。そして二度と現世には帰ってこない。つまり昇天すると仙人が仙人でなくなる」

「魂になるという意味ならヒンズー教に似ているね」

「それなら仙人が天界に達すると魂になると説けばいいはずだ。でも魂に関する記述は見当たらない。ただし天界に到達した人が安楽な生活をしているという解釈もあるし、そこでは現世と同じような仕事をするのだという話もある」

「何となく整合性がないから、信じる対象にはなりにくい感じがするね」

「まあ辻褄が合わないところを良い意味で解釈すると、仙人にも休憩が必要なのかもしれない」

「どういう意味？」

「人助けばかりしていたら、仙人も疲れる。だから、ご苦労さん、という意味で昇天させるのさ」

「なるほどね」

「いずれにしても道教は唐の誕生とともに国の宗教になり、中国に広がっていった」

「と言うことは、皇帝が国教を決めたのか？」

「そう。しかも老子を先祖としてね」

「皇帝は天界の存在を信じていたの？」

「皇帝は不老長寿の仙人になることを目指していたから、秘薬の研究をさせている」

「そんな薬なんてないよ」

「現実はそうだ。でも西暦三世紀から四世紀に生きた葛洪という人は、『抱朴子』という分厚い本を書き、仙人はいるし、仙人になる薬があると説いた。当時は誰も仙人の存在を完全に否定することができなかったから、唐の時代からしばらくはみんなが不老長寿を信じていたんだろう」

「洋ちゃん。僕はもう来世について考えるのは止める。信じられるような根拠がない」

「来世を信じないという点では、真ちゃんも古代ギリシャ人と同じだ」

「今度はギリシャかよ。ギリシャ神話があるんだから、神さまが住む来世があるんだろう」

「ギリシャ神話の元は紀元前十五世紀ころからの言い伝えなんだ。それを紀元前八世紀ころに生きていたへシオドスが『神統記』として書き残したものが現代まで残っている。それによると、まず天地の神々が生まれ、有名なゼウスや美の女神アフロディテなどが生まれている。神々はいても、来世という概念はなかったみたいなんだ」

「天国という別の世界がないのか？」

「論理的にあえて矛盾した言い方をすると、古代ギリシャ人は来世に対し何も期待していなかったとも言える」

「じゃあ彼らは現実の世の中だけを楽しもうとしていたの？」

「そうでもない。彼らは、現実の生活をつらく苦しいと思い、悲観的になっていた。世の中を無常と感じ、生老病死という苦しみをいつも意識していたらしい」

「平家物語の冒頭部分と同じ感じだね」

「どうして？」

「今でも覚えているよ。

祇園精舎の鐘の声

諸行無常の響きあり
娑羅双樹の花の色
盛者必衰の理をあらはす
おごれる人も久しからず
唯春の夜の夢のごとし
たけき者も遂にはほろびぬ
偏に風の前の塵に同じ、

とね」

「なるほどね。真ちゃんはふつうの受験生で、文学にはまったく関心がなかったと思っていたよ」

「響きが良いし、中身も理解しやすいから何となく覚えただけだよ。ギリシャ人が来世を期待しないというのは、神の存在を信じないことと同じじゃないの？」

「そう考えると辻褄が合うけれど、少し違う解釈もある。現世に対する悲観的な捉え方の裏返しで、彼らは神の存在を信じていたと言う学者がいる」

「神の存在が彼らの夢に繋がるってこと？」

「ギリシャの神さまは人間臭い。嫉妬もするし不倫もする。でも大きな力を持っている。つまりそんな神さまに自分たちの夢を託していたようなんだ。夢を持つことは必ずしも来世を望むことにはならないだろう」

「いつの時代でも人間は諸行無常を嘆いているってことだ」

「あっ、忘れていた。ラジオの話に戻るね」

「洋ちゃんの健忘症にもあきれるよ。歳は取りたくないね」

「俺たちは両親がいるから生まれてくるだろう。だから親を敬い、親に感謝するのは当然だ。でも仏教の輪廻転生では、親や祖先と自分の魂はそれぞれ別物として捉えるらしい」

「どういう意味？」

「自分の魂は親子関係を超越したもので、生まれる前から存在しているし、死んだ後も独立して存在するということだ」

「それは納得できないよ。夫婦の場合は違うけれど、親兄弟や子供の間には血の繋がりがあるじゃないか。それを現世だけのものだとするのはおかしい。信じる信じないは別としても、親子関係を超越する存在なんて主観的には寂しすぎるじゃないか」

「同感だよ。ところがキリスト教も親子関係を重視してはいないんだ。天国に行っても、お爺ちゃんやお婆ちゃんや両親に会えるわけではない。信仰上の天使などに会えるだけで、元の家族同士で話ができるような場所じゃないらしい」

「僕にはそんな考え方を受け入れられないね。宗教の来世なんてもうどうでもよくなってきたよ」

「でも現実に戻ると、人間は物質的なことや精神的なことで悩む。その苦しさが続くと、つい誰かに救いを求めたくなる」

「そうなると、また宗教が出てくるね。本当に堂々巡りをしているみたいだ」

「ほとんどの宗教には戒律があるだろう。戒律を守るという精神的な強さがあれば、ある程度その苦しさに耐えることができる」

「洋ちゃん。耐えているだけでは悩みを解決することにならないよ」

「真ちゃん。現実がどうであれ、悩みが何であれ、戒律を実践し、信心深く祈り続ければ、いつか神さまが正しい方向へ導いてくれると信じるのが宗教なんだよ」

「ずいぶんと悠長なことだね」

「そう言えば、宮沢賢治を知っているだろう」

「『雨ニモマケズ』は今でも少しは覚えているよ」

「彼は日蓮宗の信者だった」

「学校ではそんなことを説明しなかったけれど、実家が日蓮宗を信仰していたの？」

「いや、実家は父親を含め代々浄土真宗を信仰していた。でも賢治は二十歳ころから日蓮が説いた法華経に傾倒していった。岩手県に住んでいたのだから冬はひどく寒いのに、彼は真冬に花巻の町に出て、法華経のお題目を唱えながら寒行をやっていた」

「敬虔な信者だね」

「でも賢治はキリスト教にも目を向けていた」

「それも初耳だ」

「なぜそれが分かるかと言うと、『雨ニモマケズ』の主人公になった人が、キリスト教徒だったかららしい」

「たったそれだけで法華経の彼をキリスト教に繋げるのはちょっと無理があるだろう」

「真ちゃんは『銀河鉄道の夜』という短編を知っているよね」

「もちろんだよ。でも内容はもう覚えていないな」

「寄る年波には勝てないってことだ」

「生活に必要ないことは忘れてもいいの」

「あの中には仏教の言葉がちりばめられているけれど、ハレルヤや讃美歌も何ヶ所かで触れられている。それに処女航海に出た客船タイタニックが沈没した事故も題材になっている」

「氷山と衝突して沈んだあのタイタニックか？」

「そう。本文では船が沈むときに家庭教師と二人の子供が登場している。あそこはどう読んでも、キリスト教の昇天だ」

「あっ、分かった。賢治は人生にも悩み、宗教でも悩み、キリスト教へ転向したんだろう」

「真ちゃんがそう思うのは当然だよ。たしかに賢治の生活は裕福ではなかった。農学校の教諭や農業指導員として苦労をしているし、鼻炎や肋膜炎や肺炎なども患っている」

「体が弱かったから、雨ニモマケズ　風ニモマケズ　雪ニモ夏ノ暑サニモマケヌ　丈夫ナカラダヲモチ　慾ハナクと言いながら、周りにいる人の手助けをすることができるようなサウイウモノニ　ワタシハナリタイと書いたということか」

「誰だって病気になりたくはないさ。ただ賢治の場合、自分の志を全うしたいという思いが強かったから、ああいう詩を書いたと思う。実際、法華経の戒律と教えが彼の精神的な柱になっていたらしいんだ」

「じゃあ、なぜキリスト教に目を向けたの？」

「彼の作家としての知識欲が旺盛だったからじゃないかな。賢治が臨終間際に父親に言い残したことを考えると、宗教的なぶれはまったく感じられない」

「さっきから話してきたように、世界にはいろいろな宗教がある。賢治のように他の宗教を理解しようとする姿勢はいいよね」

「タリバンのように、他のすべてを排除しようとすれば、対立を助長し、紛争を起こすだけだ」

「洋ちゃん、日本には神道があるけれど、神道では宗派とか他の宗教との対立とかなんて聞いたことがないよね」

「そう言えばそうだな」

「神道には来世があるのかな？」

「捉え方が少し違うみたいだね」

「どういう意味？」

「日本は元々二柱の神が創った国だったとされているだろう」

「神話にある伊邪那岐（イザナギ）と伊邪那美（イザナミ）だね」

「日本の神話は昔の人の言い伝えをまとめたもので、日本で最も古い文書となっている古事記や日本書紀、それに出雲の国や常陸の国などの風土記に書かれている。それによると、一般に現世と常世（とこよ）とが考えられていたらしい。常世は、神々が住み、祖先が住む世界となっている」

「死んでから行くのは黄泉の国だろう」

「黄泉というのは根の国とも言われていた。死んだ人が行く場所らしいけれど、地下にあるとか地上のどこかにあるとも考えられている。ただ死んだ人が途中で通る場所みたいな意味もあるらしい。まあそれは別の話だから古事記に戻ると、古事記は死者の魂が蝶となって常世に帰ると書いている」

「蝶になるの？　どういうことよ？」

「蝶は綺麗だしひらひらとゆっくり飛ぶだろう。魂を小さくてはかない命の塊として捉えたからじゃないかな。フランス語だと蝶はパピヨンで、ちょっと待って、と言うときにミニュート・パピヨンと言っている。それと関係があるのかどうか分からないけれど、西洋には魂を蝶としている記述がある」

「はかなさが蝶に結び付いてもいいけれど、蝶を魂に結び付けるのは飛躍していると思うよ。だって魂は永遠だろう」

「でもさ。日本ではその魂が現世から常世に帰ったら、蝶の姿から人間の姿に戻ると考えていたらしい。そうすると蝶になること自体が仮の姿となることだから辻褄は合うじゃないか」

「何だか誤魔化されているような感じがするけれど、他の宗教の天国へ行くことと似ているところがなくはないね」

「いくつか本を読んだけれど、その辺りがどうなっているのかはハッキリ分からない。だから神道で言う常世は安らかなところだと考えるしかないだろう」

「じゃあ日本ではいつの間にか常世が仏教の極楽に取って代わったわけだ」

「仏教が日本に伝来したのは飛鳥時代だ。そのころの仏教はすでに教義を確立させていたから、日本人も、それまで漠然と意識していた常世だけでは物足りないと感じたのかもしれない」

「宗教が生きているというもう一つの証拠になるね」

「真ちゃん、十七条の憲法を作ったのは誰だ?」

「聖徳太子だよ。そのくらいは常識だよ」

「その第二条は、みんなに仏教を信奉しなさいと言っている」

「つまり国策として仏教を敬いなさいとしているわけだ」

「ところが日本人は神話に出てくる神さまを捨てることができなかった」

「どうしてさ?」

「同じ憲法の第三条で、天皇が天、つまり神だとしているからさ。ついでだけれど、学校で習った天智天皇の子供の大友皇子と天皇の弟だった大海人皇子が戦う壬申の乱のことを覚えているかい?」

「何となく記憶にあるね」

「勝った弟が天武天皇になった。このとき、臣下の将軍が、天武天皇に対し、〝大君は神にしませば赤駒の腹這ふ田居を京師となしつ〟という歌を捧げている。このころから本格的に天皇の神格化が始まったと言われている」

「生存を疑われている神武天皇などに繋がる神話の流れはそのままにし、その後実在した天皇を神と結びつける一方で、仏教も取り入れていったということになるのか」

「人心を束ねるため、為政者だった朝廷が二つを習合させたんだろう」

「逆に言うと、朝廷が続いたから神道も生き残り、八百万の神も信じるようになったんだね」

「こういった特性については、日本人が島国に住んでいる農耕民族だからだという人もいる。そしてその八百万の神の存在が、神道と他の宗教との大きな違いの一つなんだ」

「ヒンズー教だってたくさん神さまがいるじゃないか」

「何十人もいないさ。違いの中で最たるものは、昔の日本人が山や滝や大きな岩などを含め、周りにあって目立つものを神さまとしていることだ」

「他にも違いがあるの?」

「さっき仏教などには教義があると言っただろう。神道には開祖がいないし、明確な教義もない。祭りごとを行うときの手順はいろいろと定められているにしても戒律はなくて、破門もないみたいだな」

「そう考えてみると、神道は不思議な宗教だね」

「教義がないと言っても、基盤となっている考え方はきちんとある」

「自然崇拝だろう」

「インターネットのブログにある『神鏡と宇宙』というのが、神道を非常に分かりやすく説明している」

「その〝しんきょう〟って神の鏡のこと?」

「そう。神道の本質は、この世に生を享けるものの全てを礼讃することで、言葉や数字や色も含め、森羅万象に神が宿り、人間を肯定し生命を礼讃することだと書いてある。鏡はすべてを映し出すだろう。だから神道は鏡をすべてのものの象徴として祭っている」

「礼賛と鏡か。一番分かりやすい宗教だね。しかも他の宗教は善行に加え、戒律を来世に行くための切符にしているので嫌味がある。でも神道だと常世も現世の一部のような感じがするので僕にも受け入れやすい」

「俺も常世を特別な世界とか存在として意識しないよ。だって人間が死んで土になれば、土にも神が宿っていると考えられるから、俺たちは神の一部になる。でもそれは輪廻の対象ではなく、すべての生命の一部になる。次の命もそこから生まれる」

「僕たちはふつう草木を生き物としては見ていないよね」

「手足を動かすとか伸ばすという意味では、生き物という感覚はあまりないな。植物が生きているのは間違いない事実だけれど。それがどうかしたの?」

「有名な物理学者だった寺田寅彦が菊の生長を見たときのことを思い出したんだ」

「菊を育てていたのか?」

「そうじゃなくて、今の映画、昔の活動写真で菊が育つところを五分かそこらで見たんだろう」

「日々の生長をいわゆる早送りをするような感じで見たんだな」

「寺田はその菊がまるで動物みたいに生命の歓喜で躍っているようだと思ったと書いている。土が養分を蓄えることを考えても、神道の場合、みんな生きていて、みんなどこかで繋がっている。僕たちと僕たちを囲む世界は、過去と現在と未来という大きな時間の流れの中にいる。神道は自然と時間と人間とを一体化させているんだよ」

「真ちゃんの物事の捉え方というか、感性は時々だけれどすごく光るな」

「能ある鷹は爪を隠すだよ」

「今日までの五十数年間、真ちゃんはずっと爪を隠し続けていたのか。社会のためにもっと早く役立てて欲しかったたな」

「人徳の内村だから、でしゃばりたくないのさ」

「同じことをよく何度も言えるね」

「自分の信条を曲げないからだよ」

「じゃあ真ちゃんが来世に惑わされることはもうないね」

「そうとは限らないよ。僕はいろいろなことに惑わされやすいという自分の弱点を知っているからね。でも寝るときには神道の考え方を思い出すようにする」

「そうすれば気持ちだけでも落ち着くだろう。神道にしても他の宗教にしても、自分の価値観に関わっている。どれを心のよりどころにするかは個人の自由だ。だから自分たちが信じる宗教が一番良いのだと押し売りをして欲しくはない。それは厚かましすぎる」

「人間は十人十色だから、他にも方法があるはずだよね」

「ある人が悩んでいるとき、たとえば徳川家康の生き様が答えを出してくれるかもしれない。夏目漱石の小説が目を開かせてくれるかもしれない。今の世界で言えば、誰かの心に沁みる歌が自分に新しい道を照らしてくれるかもしれないじゃないか。宗教だけが精神世界の中心にあると主張することには無理がある」

「人生に迷いや悩みは尽きない。でもそんなときはまず昔の人や今の人の考え方を参考にしたりする。どうしても答えが見つからなければ、仕方がないから洋ちゃんに話すよ」

「仕方がなくて悪かったね。でもそれが俺たちと狂信的な信徒との違いだ」

「居酒屋教会へ行き、洋ちゃんに千円くらい寄付をすれば充分だろう」

「せめて三千円くらい出して欲しいな」

「まあ状況によるけれど、そのくらいで譲歩しよう」

「もう時間だよ。現実に戻り、右往左往せず一所懸命に走る馬に集中しようよ」

「ただし、一着二着三着の馬を一体化させることが大切だ」

二人は立ち上がり、小走りで券売機へ急いだ。


一番人気は六番ディーズフェリシア、二番人気は一番オオシマセレーネ、これに五番トーコータカシと八番シゲルレスポワールが続いている。山下は一番、六番、八番をワイドと三連複で買った。内村は一番と六番をワイドで買った。

結果は一着一番水野貴史のオオシマセレーネ、二着六番山崎誠士のディーズフェリシア、三着八番増田充宏のシゲルレスポワールだった。

山下の五百円は千三十円になり、内村の二千円は三千円になった。

第八レース　定年

午後二時五十分スタート　ダート千五百メートル（外回り）（八頭）　C一（五）（六）組　サラブレッド系　一般　（一般競走）

山下は座ったまま背伸びをし、何度か首を左右に曲げた。日が照っているので寒さはそれほど気にならないが、同じ姿勢のままなので肩が凝ったからだ。勝負の結果がパッとしていないにも拘わらず、彼はレースを楽しんでいる。その一番大きな理由は、隣に元気そうな内村が座っているからだ。そして仲間がいることの楽しさを噛み締めている。

元旦とは本来なら目出度い日だ。それなのに山下は内村が突然入院したことを切っ掛けに、第一レースから彼と病気などにまつわることを話し続けてきた。決して楽しい話題ではない。しかし、と山下は思う。一年の計が元旦にあるからこそ、これまで何がどうなったかとともに、これから何が待ち受けているのかを考えることにも意味があると思っている。たとえそれが競馬場というやや俗っぽい場所にいるとしても、意義が薄れるわけではない。人の生活の場に貴賤はないはずだと思う。

「洋ちゃん。どうしたんだよ、ボーッとして」

「ゴメン。つまらないことを考えていた」

「朝から話していた尊厳死や癌のこととかを考えると、結局はピンピン、コロリが一番良いってことだよね。でもそれはみんなが一度や二度は考えることで、目新しさがないし、突然コロリでは身も蓋もない」

「だからヘッセも、〝**しかし、もっと後で、今日ではない**〟と言っているんじゃないか」

「じゃあ彼が言う穏やかな死を迎える前には、何をすればいいんだろう？」

「つまり、定年後のことか？」

「そういうこと」

「定年と言えば、この前ＮＨＫテレビで俳句を紹介する番組があったんだ」

「退職したら俳句の会に入れ、と言うんじゃないだろうね。感性の内村だけれど、僕には向いていない」

「違うよ。仲俣さんという人が、

〝**活躍の跡を残して老いる先**〟

という作品を投稿していた。どう思う？」

「仲俣さんは定年まで輝かしい足跡を残してきたんだろう。彼の自負がにじみ出ているね。ちょっと気になるのは最後の語句かな。洋ちゃんはこの俳句が好きなのか？」

「この句は一段落した人生を非常にうまく表現している。印象が強かったからすぐ覚えたけれど、好きかと聞かれれば、好きじゃないよ」

「どこが嫌いなんだ？」

「真ちゃんが言った老いる先をすんなりと受け止められないからだ」

「でも現役を退いた人が老い先を意識するのは仕方がないよ」

「問題はそこなんだ。この俳句全体に、活躍の余勢が続くことやこれからの生活への意気込みを感じ取ることもできなくはない。ただし活躍を残してと言い切るべきじゃないと思う」

「一所懸命に働いた事実は周りの人も認めているから、言葉の流れとしておかしくはないよ」

「俺が引っ掛かるのは、残してという言葉の響きだよ。活躍の跡とは四十年くらいの長い道のりだ。それを残してと言ってしまうと、活躍を置き去りにする雰囲気が出る。そこから老いる先と続けてしまうと、老いるという単に受け身のような意味が強くなり、高揚した気持ちを急にしぼませるじゃないか」

「たしかに老いるには積極的な意味合いがないね。でもそれは自然の流れなんだから、否定的に解釈する必要はないよ。誰だって定年が人生の一区切りになると思っているじゃないか。だから定年後が第二の人生になるんだ」

「真ちゃんの言いたいことは分かる。俺たちにとって今の仕事が自分の生活の中心になっていることは間違いない。しかも俺たちはまだ現役だから、次の生活がどうなるかは分からない。でも定年になったら夢や希望を捨てるのか？」

「そう言われると、捨てたくはないよね」

「だからこの俳句に解釈の余地があるとしても、俺は引っ掛かっているところを追求し、反論したいんだ」

「洋ちゃんは一つの俳句に拘りすぎだよ」

「真ちゃんは、僕にとって仕事は趣味だからね、とよく言うじゃないか」

「そう卑下したくなるときがあるからだよ」

「いや、俺はそういう捉え方こそ一つの見識だと思う」

「どうして？」

「自分の生活を振り返ってみなよ。平日なら、朝起きてご飯を食べ、仕事に行く。夕方は飲みに行ったりもするけれど、基本的には家でみんなと夕食を囲む。それから女房と一緒にテレビドラマを楽しんだりする。週末には映画を見て外食をすることもあるし、年休や祝日を利用して旅行に行くこともある。時間の配分を考えると、必ずしも仕事だけが中心だとは言えなくなる。だから仕事が趣味でもいいんだ」

「でも仕事が中心になっていることは事実だよ」

「じゃあ実際の時間を計算してみなよ」

「ちょっと待ってよ。基本は一日八時間働くから、一週間で四十時間だ」

「一週間の総時間数は？」

「二十四掛ける七だから、百六十八時間だ」

「ほら、働いていない時間の方が多いだろう」

「洋ちゃん、それは違うよ。通勤時間と昼休みの時間があるし、残業だってするじゃないか」

「職場への往復と昼休みを含めて三時間とすれば、一週間で十五時間。つまり家を出て家に帰るまでは五十五時間だ。一日二時間ずつ残業をしても六十五時間にしかならない。残りの百三時間は自分の時間だ」

「寝る時間があるじゃないか。六時間寝るなら四十二時間、七時間なら四十九時間だよ。残りは六十一時間ないし五十四時間になる」

「真ちゃんだって祭日には仕事に行かないし、年次休暇も取っているだろう」

「それは取るよ」

「年末年始とお盆は？」

「休むよ」

「休日は全部で十五日ある。年休が二十日で年末年始とお盆休みを入れれば、約四十日は休むことになる。

それを均等割りにすれば、一週間で十八時間になるんだぜ」

「ええっ！　じゃあ残業したとしても、仕事に関係している時間はさっきの六十五から十八を引くことになるのか」

「つまり俺たちは一週間で四十七時間しか仕事に拘束されてはいない」

「驚いたね」

「数字のマジックだけれど、俺たちの生活は必ずしも仕事だけに終始していないんだ」

「じゃあ一歩譲って定年が区切りではないことにしよう。それで何が言いたいの？」

「全体としてみれば、個々の時間が一つずつ繫がって生活が成り立っている。だから俺は定年をあくまでも通過点だと捉えたい。もうあれ以上の活躍はないのでこれからは老いるだけだと割り切りたくないんだ」

「俳句の鑑賞とは、いろいろな人がいろいろな角度から考えることだろう。それなら仲俣さんの言葉の裏側に、これからも頑張るぞという意味があると解釈すれば済むよ」

「俳句は十七文字しかなくて短すぎる。真ちゃんが言うように前向きな解釈をすることもできる。でも俺はその曖昧さをなくしたい。今までは登り坂で、これからは下り坂になるという雰囲気になったり、そんな気持ちで取り組んだりするのが嫌なんだ。真ちゃんはそれでもいいのか？」

「歳を重ねれば、体力が落ちるのは仕方がないけれど、僕だって意欲まで落としたくはないね」

「だから俺は仲俣さんの句を借りて、三首ほど作った」

「どういう感じ？」

「〝活躍の跡から芽吹く道がある〟、〝活躍の跡の老いにも花が咲く〟、〝活躍に続く老い先マイウェイ〟はどうだい」

「彼の句では老いも重要じゃないか。最初の句には老いという言葉がない。作者の意図を消すのはマズイね」

「活躍の跡だけを借り、次に来る道を強調したいんだ」

「なるほどね。老いという消極的な雰囲気をなくしたいのなら、三つともいいよ。僕はマイウェイが一番良いと思う。洋ちゃんには俳句の才能があるね」

「真ちゃんに褒められるとうれしいね」

「洋ちゃんはロマンチストだね。僕の方が現実を厳しく見ている」

「俺たちはたくさん経験を積んできているんだ。現実を甘く見てはいないけれど、厳しく見るときにこそロマンと言うか夢が必要になる。俺はあれをしたい、これもしたいという欲望の塊だよ」

「僕だって同じだよ。考えてみると、僕たちがこんな話をするのも、定年を迎えることに不安を持っているからだろうね」

「核心を突くね。本当のことを言うと、ときどき定年のことが気になるからなんだ」

「洋ちゃんの会社は継続雇用があるのか?」

「一年ごとに契約を更新するけれど、同じ職場で五年は勤めることができる。真ちゃんは?」

「うちは天下りに毛が生えたような形だけれど、やはり一年ごとの更新で五年間は仕事ができる。ただし二年くらいで辞める人もいる。定年前と同じ職場じゃないからね」

「問題はその後だよ。これまでの生活の転換を考えなければならない。さっき言った時間の配分をどうするかが問題になるだろうな」

「ゆっくりと旅行をすると言っても、経済的に毎週出掛けるなんて無理だ。そうなると趣味に時間を使うのが早道だね」

「真ちゃんは競馬の他に趣味があるのか？」

「競馬は娯楽。それに川崎へは洋ちゃんと一ヵ月に一回しか来ない。趣味ね…。今までは株や不動産に投資するために空いた時間を使っていたけれど、これにはそれほど時間も掛からないし、趣味とは言えないか」

「じゃあ何もないのか？」

「洋ちゃんこそ、何かあるの？」

「釣りに行くのは好きだけれど、年に二、三度じゃあ趣味にはならないな」

「毎週行けば趣味になるよ」

「そうは言っても、潮の満ち引きがあるから、毎週同じ曜日には行けないし、釣りだけでは時間がつぶせない」

「身辺整理の話をしたとき、ライターや猪口を集めていたと言っただろう。あれは趣味じゃないのか？」

「あれも十くらい買ったときまではお宝を集めた気分になっていたけれど、その後は惰性で買っただけ。今になったら、あんなものは目先が違うものが五つもあれば充分だ。もうだいぶ前から何も買っていないし、探し回る気もないよ」

「仕事に追われているのを口実にしてきたけれど、趣味がないというのも困りものだね。ボランティアをするくらいしかないのかな」

「何か面白そうなものがあればやってみてもいいけれど、あまり気が乗らないな」

「公園の掃除とか、小学校前での交通整理はどう。毎日できそうだよ」

「真ちゃんの近くでも公園掃除をやっているのか。どこでも同じだな。でも朝一時間もあれば仕事は済むぞ」

「そう言われると、小学校前の交通整理も同じだね。時間が余ってしまう。インターネットで探せということかな」

「ちょっと待って、一つヒントがあるかもしれない」

「何よ？」

「癌で死にたいということに触れたとき、朝日先生の名前を出しただろう？」

「珍しい名前だと思ったから覚えているよ」

「朝日先生は、朝日クリニックの院長で、『〝死ぬ〟までに、やっておきなさい』という本を出版している。彼はその中で自分の気持ちを分析することを勧めている」

「その分析をすれば生き甲斐や新しい趣味を見つけることができるってこと？」

「答えを出すのは自分だけれど、ヒントにはなると思う」

「具体的にはどうするの？」

「簡単だよ。彼は自分にとって大切なものを三つずつ書き抜きなさいと言っている」

「たった三つだけ？」

「三つだけじゃなくて三つずつだよ。だから朝日先生はいくつかの項目に分けてそれぞれ三つ書き出せと言っている」

「例を出してくれないと分かりにくいね」

「こんな感じだよ。

あなたにとって、目に見えるもので、もっとも大切なものを三つ書き出す

あなたにとって、もっとも大切な人（生きもの）を三人書き出す

あなたにとって、もっとも大切な趣味や習慣や習い事を三つ書き出す

あなたにとって、目に見えないもので、もっとも大切なものを三つ書き出す

この調子で行けば、何項目でも書くことができるじゃないか。例えば、これからもっともしたいこと、これからもっとも欲しいもの、今もっともつらいこと、今もっとも怖いこと、今もっとも楽しいこと、今もっとも読みたい本、という感じ」

「面白いね。まず思いつくことを全部書き出す。そして順番を付ける。作業自体は簡単だし、一応自分の考え方や気持ちを整理することができる。読みたい本を列挙するなら、観たい映画や行きたいコンサートを付け加えることもできるし、旅行したい場所も書き出したい。でもつらいことや怖いことを書き出してどうするの？」

「嫌なことをそのままにしていたら状況は変わらないだろう。つまりつらいまま、怖いままが続く。ハッキリと書き出してみたら、それに対処する方法が見つかるかもしれない」

「意味がなくはないね」

「本の場合、一番読みたい本を読んでしまえば、四番目にしていた本の順位を繰り上げられる」

「たくさん列挙し、一つずつ実行すれば、それ自体が多分生き甲斐になるね」

「ボランティアにしても、インターネットで検索して好きな順番に並べると、一つくらいやってみようという気になるかもしれない。それに外に出て活動すると、刺激をもらうから精神的にも肉体的にも良いはずだ。するかしないかは別にしても、退職が近づいたら、俺も書き出してみるかな」

「洋ちゃんはすぐに変心するね」

「進取の心意気があると言ってくれよ」

「僕は性格的にボランティアに合っていないと思う」

「合うか合わないかは実際にやってみないと分からないぜ。それに俺たちは社会との関わりを無視して生活はできない。これまで俺たちに生活をさせてくれたのだから、少しは社会に何か還元することを考えるべきだ」

「ボランティアにも目を向けるか。朝日先生のリストに一項目足すだけだからね」

「本当に人徳の真ちゃんなら、ボランティアのリーダーになるかもしれない」

「じゃあその次はいつ何をどうすればそれを実行できるのかという手順の問題になるね。誰かの協力が必要なのか、時間や地理的な制約があるのかも検討しなければならない。もちろん金銭や自分の能力や体力も考慮しなければならない」

「一つずつ◎○△×を付けていくと、まるで競馬予想と同じになるな」

「僕たちの得意分野だよ。ただし洋ちゃんは負けが多いから、注意深く検討しないとダメだね」

「俺だってたまには勝っているさ」

「一週間もあれば、一覧表はできるよね」

「一日あれば充分だよ。まあ推敲しても三日だな。でも真ちゃん。あまり高尚なことをしようとするのは止めた方がいいよ」

「どうしてさ？　洋ちゃんはそっちへ話を持っていこうとしているじゃないか」

「違うよ。ボランティアは例えの一つだよ。俺は大学入試であまり気乗りがしない分野を専攻し、結局失敗したなと思っている」

「教師になりたかったのに、他の途を選んだことか？」

「そうだよ。やはり自分の得意分野で何かしようとすることが大切だと思うな」

「自分の得意分野なら集中できるし、時間を掛けることが苦にならない。それに一番大切なことは継続することだからね」

「社会への還元と言うと堅苦しいから、何とか社会に繋がればという感じで気楽に考えようよ。競馬場で遊ぶことだって選択肢から外すべきじゃないよ」

「洋ちゃん、それは娯楽だよ。ただし一番俗っぽい娯楽も人生には必要だ。それに競馬だって社会的に迷惑は掛けない。電車の切符を買い、競馬新聞を買い、ビールを飲み、おでんだって食べるから、立派な社会的還元になる」

「要は優先順位をどう決めるかだな」

「あれもやりたい、これもやりたいと考えて実行すれば、暇を持て余すことはないはずだ」

「小人閑居して不善を為すと言うから、忙しいことは大切だよ。忙しいとそこに緊張感が生まれる。精神的にも張りが出てくる。すべての面で受け身だと、満足して死を迎えることにはならないし、自分が主人公だということを忘れてしまう。だから受け身になっていてはダメだ」

「そうは言っても、人間は怠け者だからね。ついつい面倒くさいことは後回しにしてしまう」

「右に同じだ。でも真ちゃんにはまだ考える時間が充分ある。俺はもうすぐだけれど、嘱託の仕事が多分できるから、今真剣に考えなくてもいいと思ってしまいそうだ」

「人生が仕事だけじゃないと言ったのは洋ちゃんだよ。会社以外の時間を今のうちにうまく使い、まず手本を見せてくれよ。そうすれば僕はその後を追い掛けるから」

「ずるいよ、真ちゃん」

「意地悪をしないで、お願いしますよ、先輩」

「何だよ。いつから可愛い後輩になったんだ？」

「洋ちゃんは人生の先輩だから、僕はいつも一歩下がっているじゃない。違う？」

「大違いだね。それはともかく、今のことを忘れないようにするべきだな」

「じゃあ洋ちゃんが退職する一年前になったら、僕が知らせるよ」

「そこまでしてくれなくても、一年前になれば、俺だって嫌でも次を意識するよ」

「まあそうだろうね」

「定年後のことはもう充分だ。馬に集中しよう」

「うん。もう後半戦に入っているのだから、引退前でふらふらしている馬を外し、力強く走りたがる馬を選んで、この場の流れを変えよう」

川崎など地方競馬では、八歳や九歳の馬も多い。

すでに発券締め切り五分前の音楽が場内に流れている。二人は観覧席の階段を急いで降りていく。

一番、二番、三番人気は、八番オートホワイティ、九番ペンズサナ、七番アジュディムスメだ。山下は七番、八番、九番をワイドと三連複で買った。内村は九番を複勝で買った。

結果は一着三番石崎隆之のキーケース、二着八番佐藤博紀のオートホワイティ、三着二番的場文男のコスモグラマラスだった。

山下の千円が消え、同じように内村の千円も消えた。

第九レース　夫婦

午後三時三十分スタート　ダート千六百メートル（外回り）（十一頭）　C二（三）（四）（五）組　サラブレッド系　一般　（一般競走）

意に反して前のレースをともに外した二人は、自分の予想はそっちのけで、新聞の予想に対してブツブツ文句を言っている。予想は予想でしかなく、現実には何が起こるか分からないのが競馬だ。

内村はパドックへ行って馬の様子を見たりはしない。大画面の電光掲示板でその映像をちらりと見るだけだ。山下にとっては内村が競馬の師匠なので、彼もパドックでの馬の動きを重視していない。と言うか、彼には馬の筋肉の付き方や体型や艶や動きを見ても何がどうなのかが分からない。

最近になり山下が不思議だと思っているのは、馬の実績を見ながらときどき何かが頭に閃くことだった。その閃きを元にして馬券を買うと、必ず当たっている。彼がいつも悔しがるのは、どうしても無謀な賭けをしたくないという戸惑いが先立つことだ。したがって実際には当初からの予想で馬券を買い、閃きにはせいぜい三百円しかつぎ込まない。まあそれが自分にとっては幸いなのかもしれないと彼は考えている。本当は大勝ちをしたいのに、娯楽はほどほどにしてこそ娯楽になると、自分に言い訳をしている。今日その閃きはまだない。

「洋ちゃん、さっき仕事の時間と自分が自由になる時間とを比べただろう」

「ああ」

「起きている時間に一緒に寝ている時間を加えると、夫婦の時間って驚くほど長くなるね」

「寝ているときはお互いを意識していないから、わざわざ足す必要はないよ。それがどうかしたの？」

「その話をしたとき、洋ちゃんの先輩のことが頭に浮かび、夫婦って何だろうとまた考えたんだ」

「あの余命三ヵ月と宣告された奥さんのことか。あれは単なる思い出じゃない。俺にとってはまだ忘れられない事件だよ。真ちゃんも気にしているのか？」

「僕にもショックだった。結婚する前や新婚のときにはふざけていたって想像もしない二人の別れだった。僕はカミさんともう三十年近く連れ添っている。一緒に生活することって、何だろうと考えさせられた」

「それなら、もう一組の夫婦の話をしようか」

「同じような暗い話なら勘弁してもらいたいね」

「暗いと言えなくもないけれど、ちょっと目を開かされると思う」

「いつのことよ？」

「もう十年以上も前のことで、俺好みの女に関係している」

「ちょっと背が高いんだね」

「背は少し高い。俺が好きだったのはもちろん顔もだけれど、彼女の豪快な笑い方だった」

「楽しそうな女だけれど、僕の好みはしとやかな大和撫子だよ」

「俺が好きだったんだから、真ちゃんの好みは関係ないの」

「まさかその女と不倫をしたんじゃないだろうね。もしそうなら許さないよ」

「下心はあっても付き合ってはいない。よく行く居酒屋で何度も会い、隣同士で一緒に飲む程度だ」

「洋ちゃんはいつもそこから先には進まないからね。その女がどうかしたの？」

「駅前でバッタリ出会ったとき、彼女が何となく深刻な顔つきをしていたから、コーヒーでも飲もうよ、と誘ったのさ」

「彼女は付いてきたの？」

「驚いたよ。まさか誘いに乗ってくるとは思わなかったからな」

「一応鼻の下を伸ばしたね」

「男だから仕方がないさ。それで喫茶店に入り、心配事があるなら、聞くだけは聞くよと水を向けたんだ。話し始めたら、案の定、男の話だった」

「残念だったね」

「最初はやれやれと思いながら彼女の話を聞いていたけれど、途中からコーヒーじゃ済まなくなってさ」

「まさかビールを頼みはしなかっただろう」

「乾杯をするのならビールでもいいさ。そうじゃなかったから、ウィスキーのオンザロックにした」

「喫茶店でウィスキーか。余程ガツンとやられたね。何があったの？　ひょっとして彼女が打ち明けたのは彼との結婚だろう？」

「そのとおり。二年ほど前からその男と付き合っていたらしい」

「不倫で悩んでいたのか？」

「違うね。二人とも独身だった」

「お互いの両親が猛反対をしていたんだ」

「それは少し当たっているけれど、筋が違う。二人が結婚すること自体に特別な障害はなかった。ずばりと言うけれど、彼は余命を告知されていた」

「マジかよ！」

「俺はその言葉を聞いた途端、ポカンと口を開けて固まったね。だからちょっと待って、と言って、オンザロックを注文したのさ。振り返ったら、彼女が、素面で言ったり聞いたりするような話じゃないよね、と言ってくれた」

「予想外の話だから、気が小さい洋ちゃんなら飲むだろうね」

「二人が付き合い始めたころ、彼は自分が病気になっていることを知らなかった。体調が悪いなと思って病院に行き、精密検査の後、ヤバイことが分かったらしい」

「それっていつのことなの？」

「俺が彼女と喫茶店に行った一ヵ月くらい前のことらしい。そのとき彼は彼女に余命のことを正直に告白し、結婚はできないし、付き合うのを止めたい、と言ったんだ」

「彼女たちはいくつだったの？」

「彼女が三十二で彼が三十五くらいだったと思う」

「彼女にはまだ将来があるから、男としては潔い決断だね。じゃあ彼女の悩みは何だったの？　結婚できなくなったことが悔しかったからか？」

「彼女はみんなが反対しても結婚したいと言ったんだ。ちょっとだけ迷いがあったみたいだけれど」

「それだと洋ちゃんも返事に困っただろう」

「うん」

「何て言ったの?」

「今別れると、彼を見捨てることで自分を責めることになる。結婚しても彼が闘病で苦しみ始めると、何もできないから自分もつらくなる。それに彼がいつまでも理性的に対応してくれるとは限らない、そんなことすべてを考えた方がいいよ、と言った」

「第三者としては、それが順当だろうね。ただし彼女には何の慰めにもならない」

「俺だって他に言いようがないさ。彼女だってもう何度も考えた末のことだしね。第三者に何も期待しないけれど、誰かに聞いてもらいたかったんだろう」

「なるほどね。相手が洋ちゃんでも、少しは気が紛れるからね」

「俺が彼女に好意を持っていたから、よけいに歯がゆい思いをした」

「彼女は本当に結婚したのか?」

「一ヵ月後、二人だけで結婚した」

「余命って三ヵ月だったの?」

「半年くらい」

「半年でも短すぎるね。そんな状況なら子供も作りにくい」

「女一人で子供を育てるのは大変だからな」

「癌と言うのは家系もあるしね」

「それは今朝言ったとおりで、癌の遺伝子は排除できない」

「世の中にはいろいろなことがあるんだね。知り合いにそんなカップルがいれば、腫れ物に触るような付き合いになるんだろうね」

「真ちゃん、俺の話はまだ続きがある」

「ええっ！　葬儀まで出席したのか？」

「いや。その後しばらくして俺がたまたま行きつけの居酒屋に入ってカウンターで飲み始めたとき、二人が斜め後ろのテーブル席にいたんだ。お久しぶりねと彼女が声を掛けてきて、結婚した彼を紹介してくれた。二人は指輪をしていた。ふつうならおめでとうと言うだけで、それ以上話をする必要はない」

「二人の邪魔をしたくないからね」

「ところが彼女が一緒に飲もうと言い出したんだ。俺は一瞬ドキッとしたけれど、もちろん二人に加わった。あの打ち明け話を聞いた後なのに、彼女を避けていると思われたくなかった」

「微妙な立場になるけれど、誘われたら僕でも断らなかったと思う。彼はどんな感じだったの？」

「丸顔というより、ちょっと四角い顔で、髪はスポーツ刈り。いわゆるイケメンで、嫌味のない男だった。それから三人で一時間くらい一緒に飲んだんだ」

「緊張の連続か」

「うん。席を移るとき、ちらりとだけれど、どんな顔をして話をすればいいのかな、と戸惑った」

「当然だよね」

「三人で乾杯した後、彼女が当たり障りのない話をする間、相槌だけは打っていた。そのときほど自分の表情を気にしたことはなかったな」

「その場で触れてはいけない話題もあるし、使ってはいけない言葉もある。洋ちゃんの気持ちは分かるよ」

「彼女の朗らかな性格のお陰かもしれないけれど、あのときは酒の力もすごいなと思った。と言うか、酒は誰にでも通じる話題になるし、さしつ、さされつ、で場が保つし、そのうちアルコールが気分を大きくしてくれる。俺はいつの間にか彼と合気道の話を始めていて、それで場が盛り上がった。二人で冗談を言って笑ったりもした」

「心の中に引っ掛かりがあるまま笑うのか。それはつらいね」

「歌舞伎の演目には新薄雪物語というのがある。陰謀にはめられた息子と娘を逃がすために、父親二人が陰腹を切ったまま笑うんだ。そんな悲壮感はもちろんなかったけれど、俺も結構きつい思いをしていた」

「新薄雪物語も陰腹も聞いたことがないよ」

「知らなければいいんだ」

「いずれにしても酒を飲むときにそんな腹芸なんてしたくないよ」

「俺だってあんな飲み方は初めてだ。営業や渉外の仕事で駆け引きをするのとはまったく違う。彼と話をしながら、何度か彼女の方をちらっと盗み見たよ。彼女は笑顔でうれしそうだった。今でもあの表情が俺の頭の中に焼き付いている」

「出会った場所が病院でなくて良かったね。その後二人はどうなったの?」

「結局、一年と少し経って彼は亡くなった」

「……。彼女がいたから彼は少しだけ長生きをしたのか。現実には小説の世界のようなことが起こるんだね」

「それが結婚の力と言うか、愛情の賜物だろうな」

「でも、洋ちゃん。彼女の行為は本物の愛情からだったのかな?」

「やっぱりそうだよな。俺は真ちゃんがそこを突くと思っていたよ」

「彼女を怒らせたくはないけれど、愛情があっても同情の方が強かったような気がする」

「実を言うと、俺も何度かそう考えた。第三者は興味本位で詮索したくなるからね」

「彼は誰かに縋りたかったはずだよね。そういう状況なら、彼女も彼を自分に引き付けておくことができる。僕には彼女がそんな感じで自分の人生を演出したような気がする。麗しい世界を作り上げ、彼だけでなく自分も悲劇の主人公に仕立てるような恋愛小説に似ている」

「俺も最初はそう思った。でもしばらくしたら、どこか違うような気がし始めたんだ」

「何がどう違うのよ？」

「一緒に暮らしたのがわずか一ヵ月くらいなら、女は多分悲劇の主人公を演じ切ることができると思う。相手の苦しみを目の当たりにしながら、無力な自分をそこに見つけ、涙を流し続けるんだ。自分から自分に陶酔していく感じだ」

「涙か。マスカラを濃くすると、涙で目じりが炭の粉を散らしたようになり、頬のファンデーションもナメクジが這ったようになるから、化粧が台無しになる」

「真ちゃんの描写はすごいね。女を泣かせたことがあるな」

「まあね、と言うか、テレビでお涙頂戴の番組があるじゃないか。それを見ていれば分かるよ」

「彼女の結婚は一ヵ月だけじゃなく、一年以上も続いたんだぞ。その間、化粧が台無しになる自分の姿を、彼女が何度も鏡に映したと思うか？　自己陶酔しているなら、鏡の中でニッコリと微笑むはずだ。俺には絶対そんな彼女を想像できないし、実際、そうではなかったんだ」

「そうかな。発想が単純な女もいるよ」

「真ちゃん、もう少し考えてみなよ。女が結婚するということは戸籍が変わるということだよ。死別すればまた一項目付け加えられる。もし彼女が再婚するとなれば、×印を気にすることになる。〝死に別れより生き別れがつらい〟と言うけれど、いずれにしろ当事者は苦しむんだ。それに主人公はもう一人いる。彼は実際に死と戦っているんだ。そういう状況であの彼女が半年も一年も自分だけの世界に住むなんてあり得ない」

「…。そこまで洋ちゃんが強調するなら、悲劇の主人公を演じようとしたというのは撤回する」

「しかも彼の体は次第に弱っていき、動きも不自由になっていったはずだ。そうなると、彼だっていつも素直に彼女を受け入れられるとは限らない。健康な彼女を非難したりするかもしれない。それに医療費の支払いもある。同情と自己陶酔だけの女なら、とっくの昔に愛想を尽かし、彼から逃げ出しているだろう」

「たしかに彼女だけが舞台に立っているわけじゃないよね。彼女が自分勝手な言動を重ねれば、彼はすぐ気が付くはずだ。そうすると彼の精神的なストレスがさらに増えるから、告知された余命の倍以上を生きることはあり得なくなるか」

「だから俺は、彼女の気持ちが同情を超えていたと思うんだ」

「いずれにしても僕たちには想像できない世界としか言えないよ」

「驚くなよ、真ちゃん。これにはもう一つだけ続きがある」

「洋ちゃん。最初から結論を言ってくれよ。そうすれば、ない知恵を絞っていろいろな状況を想像しなくても済むんだ」

「こう言うと男として何か嫌らしいけれど、俺には彼が亡くなってからの彼女がどうしているのか気になっていた」

「それは誰でも気にするだろう」

「次に彼女に会ったとき、残念だったね、と言ったんだ。そうしたら彼女は何と言ったと思う?」

「彼女が洋ちゃんに抱き着き、無言で泣き崩れたら、びっくり仰天だ。でもそれはなかっただろう」

「真ちゃんには、真面目な話はできないな」

「ゴメン」

「彼女は、あら、気を遣ってくれていたのね、と言ったんだ。俺は、当たり前だよ、ずっと気にしていたよ、と言い返した。そうしたら彼女は笑顔で、バカね、の一言だよ」

「バカね？　彼女には新しい男ができていたのか？」

「そんな低次元の話じゃない。彼女は、あのとき二人で人生を堪能したのよ、と付け加えたんだ」

「ええっ！」

「毎日毎日、彼と一緒にできることを全部したの。私はこのとおり痩せたままでも、心はメタボの人に負けないくらい太ったの。だから彼と一緒にいたときも今も大丈夫なの。ありがとう、だって」

「…」

「現実は俺たちが勝手に想像した小説の世界を超えていたのさ。しかも彼女によれば、二人は世間から孤立してもいなかった。当初結婚に反対したお互いの家族を含め、友だちや職場の人たちみんなが二人を受け入れてくれていたらしい」

「二人だけなら日陰を歩く感じだけれど、堂々と明るい陽の下を歩いていたということか」

「ちょっと高尚な言い方をすると、彼らは人生の歩みを速めていたんだ」

「つまり二十年三十年と掛かるところを一年ほどに凝縮させたということだね」

「死と隣り合わせで歩いていたのだから、二人の時間は重いはずだろう。ところが彼らはチクタク、チクタクという無慈悲な音を聞いてはいなかった。多分ワクワクしながら時間を過ごし、いろいろなことをしていったような気がする」

「ワクワクは誇張しすぎだけれど、限られた時間を思い切り楽しむこともできるんだね」

「それしか考えられないよな。彼は医者のロスが定義した第五段階まで彼女と手を携えて進んだんだ。しかも少し速足で。それから後は二人で新しい一ページを開き、一歩ずつ歩いたんだと思う」

「そう考えないと、彼の延命と彼女の心のメタボは説明できないね。彼のような最期を迎えることができたら男としては本望だ」

「悔しさとつらさに直面しながらも、彼女との絆で生きることを全うしたんだからな」

「でも僕個人としては、そんな最期は嫌だ」

「どうして?」

「僕はカミさんを看取る方になりたい。カミさんにそんな精神的な苦労をさせたくない」

「真ちゃんは模範的な夫だね。じゃあ、炬燵に入り杯を持ったままぽっくり逝くという理想は諦めたんだ」

「そうか。それを忘れていた。どちらかと言えば、カミさんに甘えた方が楽だよね…」

「ところで真ちゃん。俺たちはあの先輩の奥さんの反応を非難したじゃないか」

「洋ちゃんは、先輩と奥さんとの関係が寂しすぎると言った。僕も奥さんの態度は理解不能だと言った」

「改めて考えると、俺にはああいう態度でも良かったような気がしてきた」

「どういうこと?」

「先輩は奥さんに楽しい思い出を持って旅立たせたかったから、温泉に行こうと誘ったりもした」

「それなのに奥さんは特別なことを何もしなかったじゃないか」

「メタボの彼女のことを考え合わせると、奥さんはそれまでのふつうの生活を先輩と続けるだけで充分だと考えていたんじゃないのかな」

「何の変哲もない、いつもの生活か?」

「うん。奥さんは、ロスの第一段階の反応で余命宣告を信じなかったんじゃなく、信じていたんだよ。信じていたからこそ、先輩とのふつうの生活が大切だと考えたんじゃないのかな。もし真ちゃんが不治の病気になった奥さんと温泉に行ったとして、真ちゃんは奥さんと一緒の時間を楽しむことができるか？」

「うーん。そう言われると、楽しそうな情景は浮かんでこないね。電車に乗っても、ホテルで食事をしても、常に別れが来ることを意識してしまい、お互いにつらい旅をしてしまいそうだね」

「俺もそう思う。だって山へ行くにしろ、海へ行くにしろ、奥さんにとっては二度と来ることはない場所になるじゃないか。何を見ても、これが見納めだと思うんだぞ」

「それって奥さんにとってだけつらいことじゃないからね。二人で風景を楽しむなんて、僕にはできそうにないよ」

「あの奥さんは初めからそこに気が付いていたんだよ。旅先などで取り乱したくないし、先輩にもよけいな気を遣わせたくないと考え、ふつうの生活に固執したんだと思う」

「たしかにその可能性はあるね。じゃああのメタボの彼女もそんな生活をしたのかな？」

「それは俺にも分からない。ただ違うのは彼女たちの方が先輩たちより若かったということだ。一緒に何かをするにしても、結婚ホヤホヤと夫婦生活三十年とではものの見方が異なってくるだろう」

「価値観が違うよね。若いんだから逆に思い出作りをしたくなるかもしれない。僕たちが安易に想像したりしてはいけないと思う。ただし僕が奥さんの立場なら、先輩と何でも話すよ。その方がお互いに気が楽になると思う」

「考えてみると、先輩が良い思い出作りをしようとして奥さんを誘い、奥さんが断ったとき、その時点で二人はお互いを理解し合っていたのかもしれない。それに夫婦の間の細かいことは他人に話すべきことではないからな」

「でも奥さんの余命は伸びなかったじゃないか」

「いや、それは一概に決め付けられないと思うな。医学的に三ヵ月と六ヵ月の余命には差があるはずだし、病状にもよるはずだ」

「世の中っていろいろあるんだね」

「一方的と言うか、いい加減な見方をして、他人を判断してはいけないってことだろう」

「洋ちゃん。そろそろ時間だよ」

「俺たちも複眼的に見て、馬を選ぼう」

「そうだね。懐をメタボにするように心掛けようよ」

「そうしよう」

二人はマークシートを手にして立ち上がった。

一番人気は二番ロンギングブラスト、二番と三番人気は五番ジョウテンスマートと七番サマーメサイアで割れた。山下は二番と四番スズツルギオーと八番トウコウホープのワイドと三連複を買った。四番と八番は人気薄だが来るような気がしたからだ。内村は二番を複勝で買った。

結果は一着二番真島大輔のロンギングブラスト、二着四番前住和寿のスズツルギオー、三着十番今野忠成のサンオールインだった。

山下は千円に対し八百八十円戻っただけだ。内村は二千円をつぎ込んで二千四百円を得た。

第十レース　求愛

午後四時五分スタート　ダート千五百メートル（外回り）（十一頭）　福寿草（ふくじゅそう）特別　三歳（一）組　サラブレッド系　三歳　別定（特別競走）獲得賞金二百五万円以上

山下も内村も一方的な思い込みがいけないことを悟ったはずだったが、第九レースの結果は二人の気分を一新させはしなかった。特に山下は二レース連続でパッとしない。山下は堅実な内村に見習い、買い方を工夫しようと決心した。内村の復帰第一戦なので、レースが済んだら寿司屋か焼肉屋へ行くつもりだったが、今のところ実績が伴っていない。しかし今日のレースはもう終盤になっている。

「洋ちゃん。夫婦って不思議だと思わないか？」

「何？　真ちゃんはまだあの二組の夫婦のことを考えているのか？」

「違うよ。競争馬と人間とを比べていて思ったんだ。競馬の世界だと、種牡馬と繁殖牝馬を決めるのは人間で、馬の意思というか本能は関係ない」

「まあそうだね」

「人間の場合、男と女にはいつどんな出会いがあるか分からない。しかもその出会った男と女が夫婦にならないと、ふつうは子供が生まれない。そして子供が一人、二人と生まれれば、その夫婦と子供の関係は、家族としてずっと続いていく。その子供たちが結婚すると、今度は孫ができ、家族の絆がどんどん広がっていく。でも馬の場合なら、何代にわたって子孫ができても、血統として名前が残るだけで、家族という絆はあり得ない」

「真ちゃんが言おうとしているのは夫婦や家族の絆の大切さだと思うけれど、動物や昆虫の世界は、ある意味ドライなんだ。セミの世界も極端だよ」

「何だよ、洋ちゃん。どうして突然セミが出てくるの?」

「まあ聞いてよ。セミは孵化しても親を知らずに、土の中で五年くらい生活する。土から出てさなぎになり脱皮すると、やっと成虫になる。それから交尾してメスは卵を産む。その後二週間くらいで、オスもメスも寿命が尽きる」

「それが夫婦の意味とどう繋がるの?」

「セミの場合、交尾前の求愛と交尾の時間しか夫婦関係はない。しかもセミは卵を産みっぱなしで子育てをしない。セミに比べると、俺たちの世界では夫婦生活の時間が少なくとも人生の半分以上ある」

「そう言えばそうだね。でも僕たちが結婚するときは、そこまで時間の長さを意識していないし、子孫を残すことだって真剣に考えてはいない。ただ単に相手となる女が好きになったというだけだろう。結婚したいという気持ちは、結局のところ動物的な本能だけなのかな?」

「結婚自体は社会的な制度で儀式になっているけれど、元をたどれば男と女が結びつくだけのことだよ。ただし人間は結婚を恋愛感情で脚色するから個性が出てくる」

「結婚するまでにひと苦労するし、結婚してからは痴話喧嘩があり、不倫や離婚があったりもする。そう考えると、動物の世界のように本能だけの繋がりの方が楽だね」

「でもね、真ちゃん。動物だって大変なんだぞ」

「何が？」

「ちょっとクジャクの話をさせてくれ。動物が相手を見つけるためにどれだけ努力しているかが良く分かる」

「何？　セミの次はクジャクか。例を挙げるのもいいけれど、ズバッと核心を突いてくれよ」

「実例を挙げるのが一番理解しやすいだろう。これでもない知恵を絞っている」

「分かったよ。クジャクなら野毛山動物園で見たことがある。たまたま綺麗に翼を広げているのを見た」

「それはオスだ。そして多分インドクジャク。広げているのは翼ではなく尾羽だ」

「オスが綺麗なのか。そう言えばそうだったかもしれない。まあ翼の方は僕の言い間違いだ。尻尾の方を広げているからね」

「クジャクのメスの尾羽は短くて、簡単に言うと、スズメをニワトリの大きさにしたような感じで綺麗じゃない」

「洋ちゃん。じゃあメスがオスに惚れるのか？」

「正解。でも順番があるんだ。クジャクのオスは繁殖期が近づくと、まずメスの前で、ほら、俺はこんなに綺麗だぞと尾羽を広げて、メスの気を引く。メスはオスの品定めをする。こっちがイケメンだわね、とか、あっちがマッチョで最高よ、という感じ。そこで人間世界とは違うことが起きる」

「何よ。メス同士がオスを取り合って喧嘩をするのか？」

「逆だね。喧嘩をするのはオス同士で、縄張りを確保するためなんだ。だから喧嘩自体はメスの気を引くことに直接関係してはいない。違いがあるのはメスの行動なんだ。例えばここに十羽のオスと十羽のメスがいるとする。そのオスの中の二羽がA君とB君だとするじゃない。五羽のメスが、A君が一番カッコいいわ、と決めるわけ。同じように他の五羽のメスが、B君がステキだわよ、と決める。求愛をしたオスのうちA君とB君の二羽だけがそれぞれ五羽のメスと交尾できるんだ」

「残った八羽のオスはどうなるの？」

「あぶれたってことさ。統計的にはオスの二割くらいしかメスと交尾できないらしい。つまり残りの八羽は自分の子孫を残すことができない」

「洋ちゃん、それって不公平じゃないか！」

「現実だから仕方がないよ。メスの考え方は単純らしい。一説によると、あの長い尾羽が大きくて綺麗なまだということは、そのオスが健康で強いという証拠になる。したがって十羽のメスは一番たくましいオスの種を残そうとするわけさ。だから、お願い、私と交尾して、と一羽のオスに迫るメスがたくさんいることになる」

「何だか身につまされるね。モテル奴はモテ続けて、モテナイ奴は泣き濡れて一生独身のままになるのか」

「それなのにメスは一羽のオスを自分だけで独占しようとはしない。つまりメスは、同じオスを選ぶメスが他に何羽いても気にしない」

「考えてみると、子孫のことを真剣に考えているのだからメスは立派だね。みんなで一羽のオスの愛人になるわけか」

「違うよ。他のメスの存在を気にしないのだから、愛人ではなくそれぞれ自分が本妻だと考えているはずだ」

「僕は輪廻でクジャクに生まれなくてよかった」

「それほど見栄えがしないって認めたな」

「ああ、そうだよ。その点、僕のカミさんは偉い！　立派だ！」

「妙なところで自信を持ったね。気分転換にもう一つ例を挙げよう。北アメリカにセージライチョウという鳥がいる。一番イケメンで強そうなオスは、メスの七十四パーセントと交尾するらしい」

「ちっとも気分転換にならないよ。あーあ。あぶれるも悲哀だし、せっかく選ばれてもそんなにたくさん交尾するのもつらいね。ただ交尾するだけの生活みたいじゃないか。両極端はなしで、その中間がいいな」

「いずれにしても相手がいいわよと受け入れてからの話だ。それが前提だぜ。しかも繁殖期は春から初夏まででがほとんどだ」

「もし日本でクジャクと同じことが起きると困るよ。人口の半分の六千万人の男の二割、つまり千二百万人の男が、六千万人の女を独占してしまう。しかも残りの四千八百万は子孫を残すこともできない」

「想像するだけで嫌な世界になるな。いずれにしてもオスが結婚するためには、まず健康な体が基本になる。もう一つオスにとって大切なことがある」

「何よ？」

「さっきちょっと言ったようにオスは、メスが餌をついばむ場所、つまり縄張りを確保しなければならない」

「オスの生活力が問題になるのか。人間の世界に言い換えれば、男が手に職を持ち、お金を稼いでいないと、女には初めから相手にされないってことだ」

「結局ふつうの結婚では、男が女を選んでプロポーズをすると思い込んでいるけれど、それは男の錯覚で、現実には女が男を選んでいるってことだろうな」

「洋ちゃんも僕も男の中で一番たくましく生活力があったわけじゃない。配偶者にしてもらったことを感謝する立場にいるみたいだね」

「残り物に福あり、と考えようよ」

「それが夫婦の原点だとすると、ちょっと寂しいね」

「真ちゃん、自分を卑下したらダメだよ。人間の男女は平等なんだ」

「それは理念だけだよ」

「理念と言えば、福沢諭吉が、夫婦について含蓄のあることを言っている」

「一万円札はいいね。晩年まで苦労をし、病気でも悩んでいた千円札の夏目漱石だと物足りない」

「真ちゃん、真剣に聞いてくれよ」

「ゴメン」

「福沢諭吉が、

〝**人倫の大本は夫婦なり。夫婦ありて後に、親子あり、兄弟姉妹あり**〟

と言っている」

「当たり前のことで、誰でも分かっていることじゃないか」

「福沢の言葉にはその続きがある。彼は、『論語』に書かれている〝**夫婦別あり**〟という言葉の一般的な解釈に疑問を呈している」

「親しい夫婦でも、なれなれしいだけではなく、お互いに礼儀をわきまえるべきだという意味じゃないの?」

「みんながそう解釈すれば問題はない。ところが福沢の時代まで、夫婦別ありは妻が夫に従うべきだと理解されてきたんだ。そこで彼は、夫としての男と妻としての女との間に上下関係のような分け隔たりがあるべきではないと言っている」

「男女平等を主張したんだ」

「福沢は、家臣たるもの主君に尽くすべしという封建時代に生まれ、青春時代は侍だった」

「ふつうなら彼が家父長制度に凝り固まった意識を持っていても当然だね」

「福沢は蘭学で知識を広げ、アメリカにもヨーロッパにも行っている。当時は先進国として発展していた欧米だよ。ところが彼はそこでも男尊女卑がまかり通っていることを知った。しかも明治になると、家父長制度が民法の中で正式に定められている。〝女には三界に家なし〟と言われた時代に、彼は夫と妻は平等だと言い始めた。画期的だろう」

「子供のときは親に従い、結婚してからは夫に従い、夫が亡くなってからは子に従うというのが女の生き方だとされていた」

「あの時代、結婚に恋愛感情はないし、女は罪障とか罪業が深いと言われたし、男より劣ると受け止められてもいた」

「夫唱婦随なんて男にだけ都合が良い仕組みだよね」

「良妻賢母も同じ観点から捉えられた考え方だ」

「洋ちゃん、家父長制度だと、男が家督を相続するよね」

「基本的にはそうだ」

「生まれた子供が女だけだったらどうなるの？」

「女だけなら、長女が家督の相続人になる」

「それなら女も家のことを仕切ることができるから、それほど不平等じゃないだろう」

「ところがそう甘くない」

「どういう意味？」

「家督を相続するということは、自分の家を存続させることだ。たとえば三人の娘がいたとすると、二人は外に嫁ぐことができる。しかし残りの一人は戸主としてその義務を果たし、子孫を残さなければならない」

「男の養子をもらうってこと？」

「それも可能だけれど、血筋を絶やさないためには婿養子をもらうのが最善になる」

「長女に戸主としての責任があるなら、婿養子をもらっても問題はないだろう」

「形式的にはそうだ。でも明治の民法は、子供の親権を行うとき、婿養子が戸主を代表すると規定している」

「ずるいね」

「まあ実際には、その家の力関係によるから、すべてが婿養子の言うとおりにはならない。その端的な例が漫画に登場するサザエさんの夫のマスオさんだ」

「そう言えばそうだね」

「でも基本的には夫唱婦随の関係になる」

「何の切っ掛けで福沢はそこまで主張したんだろうね」

「詳しくは知らないけれど、風紀の乱れに我慢がならなくなったらしい」

「風紀の乱れって、乱交かよ？」

「真ちゃん。それは今の若い子の世界だろう。あのころの男は遊郭に行ったり、妾を別宅に囲ったりしていた。つまり女を遊び道具にもしていた。福沢はそれを非難し、しかも世間がそれを受け入れていることがおかしい、人倫に反する、と言った」

「意図は分かるけれど、男の価値観がまかり通っていた時代では受け入れられなかったはずだ」

「そうだ。だから俺としては、夫が先立った妻の再婚についても福沢に触れて欲しかった」

「再婚はできたはずだろう」

「真ちゃん。今の世の中とは違うよ。男が再婚するのは当たり前だったけれど、あのころの嫁は簡単に再婚してはいないはずだ」

「そうか、跡取り息子を産んでいなければ、嫁は実家に戻されたかもしれないね。でも洋ちゃん。家系を守るためだから、男の再婚は仕方がないよ。特に妻が早死にしたら後妻が必要だ」

「俺はその一方的な考え方がおかしいと思う。〝貞女二夫にまみえず〟と言うだろう。これは貞淑な女という男の理想を作りつつ、一方で再婚するなという考えだ。男が愛人を囲っているという現実をどう正当化するのさ？」

「たしかにその価値観は一方的だ」

「男の再婚が家を守るためなら、残された妻が新しい夫を養子として家に迎えてもいいじゃないか。どうしても血筋に固執するなら、その妻は、夫の親戚の男と再婚すればいい。それなのに世の中は不公平なことをしていた」

「まだ例があるのか？」

「夫に先立たれた女は髪を切り、その半分を夫とともに墓に埋める習慣もあった」

「女の命と言われていた髪を切ったのか。ひどいね」

「まげを結うだけの長さがなければ、結婚だって難しかった時代だぜ。事実上再婚するなという仕打ちみたいじゃないか」

「女の再婚は二重にも三重にも閉ざされていたということか。男の立場と比べると、女はまるで商品か道具だね」

「そういう意味も含め、彼には妻は嫁いだ家に残って再婚するべしとハッキリと書き残して欲しかった。福沢は慶應義塾を開いたし、社会的な地位を築いていたんだ」

「つまり福沢の影響力を考えれば、夫に先立たれた妻の立場だってもっと有利になったかもしれないね」

「だからもう少し言葉を足して欲しいと思ったんだ」

「侍の時代からずっと続いてきた慣習が、この四、五十年でやっと変化し始めたということだね」

「変化が出てきたのはいいさ。でも昨今のように少子化が進み、結婚したくないという風潮があるのは困りものだ」

「今だっていわゆる合コンやお見合いパーティが流行っているじゃないか」

「本当に流行っていればいいけれど、草食系の男や独身を楽しむ女が増えているのも事実だよ。だから結婚年齢がどんどん高くなっている。俺は、男にも女にも若いときからもっとギラギラしてもらい、結婚し、子孫をしっかり残して欲しい」

「結婚は個人の自由だから、強制はできないよ。男の場合は精神的な弱さの裏返しで草食系になっている面もある。女の場合は男女の地位の不平等が原因にもなっている。日本では家父長制度の名残りが弊害になっているからだと思うけれど、他の国ではどうなんだろう？」

「儒教が強い国やタリバンが牛耳っている地域も同じだろう。キリスト教の世界にも歴史的な弊害があるかもしれない」

「どう言う意味だよ？」

「たとえば、旧約聖書ではアダムからイブが生まれたことになっている。この影響は大きいと思わないか？」

「洋ちゃん。今さら聖書を書き換えるなんてできないよ」

「意識改革をすればいいんだ。ヘブライ語のアダムには元々土と人間という意味があり、イブには、生きる者と命という意味がある。こういう区別をするから誤解が生まれる。アダムもイブも土から生まれ、人間として生きる命となったと、統一した解釈をすればいい」

「斬新な考えで男女平等だけれど、それは絶対に無理だね」

「ついでに言うと、さっきのアダムからイブが生まれたというのは解剖学的に間違っている」

「解剖と言えば手術のことだよね。手術ではまずメスを使うから、イブからアダムが生まれたんだろう」

「真ちゃん、オヤジギャグは止めてくれ。解剖学的に言えば、人間の体の基本は女だ」

「どういうこと？」

「男女が交わって女が受胎する。遺伝子の染色体のＸＹとＸＸの組み合わせで受精卵の男女が決まる。つまり受精した瞬間に性別が決定される。ところが卵子が受精してから約七週目までは、胎児が発育する過程に男女の違いはない」

「さっき基本仕様が女になっていると言ったじゃないか」

「七週目までの胎児の股間を見ると、最初は男にも女と同じ割れ目がある。女はそこから膣や子宮や卵管を作っていく。ところが男は陰茎を作りながらその割れ目を閉じていく。つまり男には補修が必要なんだ」

「初めて聞いたね。本当なの？」

「俺がこんな小難しいことを調べられるわけがないだろう。雑学だけれど事実らしい」

「世の中は男が中心になっているようでも、解剖学的には、イブからアダムができるのか…。そうなると性別を比べて、男が第一で、女が第二だとは言えないね」

「真ちゃん、シモーヌ・ド・ボーボワールというフランスの作家のことを知っているかい？」

「彼女が書いた『第二の性』のことくらい知っているよ」

「見え見えだったか。彼女はその中で、〝人は女に生まれるのではない、女になるのだ〟と言った」

「ほう、うまく表現したね」

「名言だよ。彼女は女らしさが社会的に作られた男の理想像だと看破した。逆に言うと、あるべき女性像というのは独立した人格ではなく、男が自分たちにとって都合の良いように作り上げているのだと批判したわけさ。彼女があの本を出版したのは第二次世界大戦後だった」

「個人的には僕の言うとおりにしてくれる女がいればうれしいけれど、そうはいかないよね」

「俺もそう思う。女も独立した人格だから、召し使いでもないし奴隷でもない。アフガニスタンで一時政権を取ったタリバンのように、女には学校教育の必要がないと考えるのは甚だしい差別だ」

「避妊や子育てや怪我や病気に対処するときだって、いろいろな知識が必要になる。すべてを言い伝えや男任せにし、客観的事実や物事の仕組みを知らないまま暮らせというのは、やはり女を道具としてしか見ていないからだ。付属品だという考え方だよ」

「俺に言わせると、彼らは横暴でしかない」

「ボーボワールと言えば、明治か大正時代の日本でも平塚らいてうが女の地位向上を訴えただろう」

「平塚らいてうは、ボーボワールより二十年近く前に生まれている。実際に彼女が活動を始めたのは、大学を卒業した後で、明治の終わりころからだ」

「あの時代に彼女は大学に行っていたのか？」

「彼女はいわゆる良家の娘だった。でも彼女は当時の女が期待されていた良妻賢母という枠からはみ出して世の中を見ていた」

「自由に生きるという意識から、女の権利を主張したんだろうね」

「平塚は女同士で集まり、明治四十四年に、文芸誌の『青鞜』を創刊した。そのとき仲間になっていたのが与謝野晶子や市川房江だ。彼女たちはイギリスの知識人の集まりに似ていたので青鞜派と呼ばれた」

「与謝野はもちろん、政治家になった市川も有名だけれど、〝女は太陽だ〟と言ったのはたしか平塚だろう?」

「それは、『青鞜』の創刊号で彼女が書いた文章の冒頭の言葉だよ。

〝元始、女性は実に太陽であった。真正の人であった。今、女性は月である。他に依って生き、他の光によって輝く、病人のような蒼白い顔の月である〟

と書き、女の地位を見直そう、と読者に訴えた」

「うまいこと表現しているね。まるでボーボワールと同じだ。平塚たちの活動が大正デモクラシーだったんだろう?」

「大正デモクラシーというのは戦後になって広まった言葉で、いろいろな捉え方があるらしい。民主主義を推し進めるためには、税金をたくさん納めた人だけでなく、一般の人にも選挙権を与えろという運動も含まれている。いずれにしても彼女たちの活動が大正デモクラシーの一部だったことは間違いない」

「それじゃあ、平塚はボーボワールの大先輩だ」

「四十年くらい先駆けているよ」

「しかもあの時代は日露戦争の後で、軍人が台頭してきた時代だから、彼女たちの活動は福沢の主張のように画期的だったね」

「残念なことに、青鞜は五年で廃刊になっている。でも平塚は市川らと一緒に息の長い活動を続けた」

「そういうことなら僕も平塚を評価するけれど、結婚はしていたの?」

「真ちゃん。そこがボーボワールと似ているから、俺はちょっと残念だと思っている」

「独身だったのか？」

「平塚は画家と共同生活をしていただけだ。ボーボワールも、ジャン・ポール・サルトルという哲学者と正式な結婚をしないで付き合い続けた。彼らの場合は契約結婚と言ったらしい」

「子供はどうなの？　出産と子育てという母性体験がなければ、女の議論は男同士の議論と変わらないだろう」

「平塚は二人の子供を育てている。彼女が出産と育児とを重視していたのは事実だよ。だって女の経済的独立を主張した与謝野と母性保護論争をしていたからね。一方のボーボワールは子供を産んでいない。産むつもりもなかったらしい。俺にはそれが引っ掛かる」

「男には分からないけれど、大きなお腹を抱え、産みの苦しみと授乳や子育てを経験するからこそ、母性を自覚するんじゃないか」

「その母性と言えば、ある女刑務官がなるほどねと考えさせることを言っている」

「その女は仕事と家庭を両立させているのか？」

「二束のわらじを履いているという意味じゃない。彼女が勤めている刑務所には、二十歳前から八十歳代の女の受刑者が服役している。その受刑者の気持ちを理解するにはどうしたらよいのか、と考えたことが出発点だ」

「女だから女受刑者の気持ちは分かるはずだ」

「彼女はそのとき独身だった。一般的な女としての気持ちはある程度受刑者と共有できる。でも受刑者の中には母親もいる。お婆ちゃんもいる。だから彼女は結婚して子供を産み、妻として、母親としての感情も彼女らと共有したい、そして仕事を続けたいと言っている」

「立派だね」

「俺もボーボワールの業績は認める。しかし彼女は娘としてそして母親としても自分を見つめるべきだった」

「その意味では中途半端だね」

「極端に言うと、ボーボワールは家庭を作ることを拒否したわけさ。一方で同世代の女は目を開かされ、自分たちは男を飾る道具ではないと気が付いた。でも女の生理は毎月繰り返される。それが成熟した女の現実だぜ。ボーボワールがその兼ね合いを克服していれば、彼女の行動は同性にももっと分かりやすくなったはずだ」

「そうだよね。彼女に共感することが、結婚をしない、子供も産まないと同じ意味になったら困る」

「極端な言い方をすると、〝あなたは男を利用してもいいけれど、女としては、男社会と戦いなさい。ただし母親になってはダメよ〟という主張になる」

「夫婦という実態があるにも拘らず家族を作らないというのは、僕にも納得できない」

「俺がおかしいと思うのは、サルトルがボーボワールの子供についての考えを受け入れたことだ」

「サルトルも父親になりたくなかったりして」

「俺は彼らが親になることを拒否したことが気に入らないんだ。真ちゃんも子供ができたときのことを思い出してみろよ。赤ちゃんは、お乳を飲み、泣いて眠ることしかしない。親なら、赤ちゃんが泣けば、単にお腹がすいているのか、どこか痛いのかと心配する。寝顔の安らかさや笑顔には癒される。しかも赤ちゃんは自分の存在をすべて親に委ねている。親にとってはそれがすばらしい贈り物だ。あの二人は自分たちの存在自体が、親からの贈り物だったという意味を知り得なかったことになるだろう」

「サルトルの精子が少なかったとか、ボーボワールが不妊症だったのかな？」

「俺はそこまで詳しい事情は知らないよ。ただもう一つおかしなこともある」

「何よ？」

「小説を書いて有名になった後のことだけれど、サルトルはアーレット・エルカイムという女を養女にしている」

「やはり不妊が原因だったのか？」

「そうじゃない。彼女とは愛人関係にあったらしい」

「何よ、それ。そんなことをしていながら哲学を説いていたの！　そうなると、僕は二人とも尊敬したくないよ」

「サルトルはフランス政府のアフリカ植民地政策に反対し、黒人の立場を擁護する活動もしていた。俺も彼の努力は評価したいけれど、やはり福沢が言ったように、人の世は夫婦の絆が基本だよ。両親と子供がいて、みんなの絆が生まれ広がっていくべきだ。あの二人のように思想的な活動だけに終始し、一番大切な親子の繋がりを切ってはダメだ」

「分かったよ、洋ちゃん。もう時間がないので、僕は出走馬の血統の方に目を向けることにする」

「まあ他人の絆より、こっちの絆の方が今は大切だ。と言っても、みんな似たり寄ったりだから困るんだよな。ただし俺の場合、もう何とかしないと、正月気分が吹き飛びそうだ」

「じゃあ、僕の予想で買ってみたら？」

「ダメだよ。もしそれで勝ったら、真ちゃんに何を言われるか分からない」

二人はブツブツ言いながら券売機の方へ歩き出した。

一番人気は一番ラムセスジュベリー、二番、三番人気は三番ケルナーカーニバル、四番クリノテンペスタ、五番ミヤビジンダイコで割れた。山下は一番を軸に五番と穴になりそうな九番フェイスキングをワイドと三連単で買った。内村は一番と三番のワイドを買った。

結果は一着一番今野忠成のラムセスジュベリー、二着三番町田直希のケルナーカーニバル、三着四番坂井英光のクリノテンペスタだった。

山下は八百円を失い、内村は二千円で五千円を得た。

第十一レース　共生

午後四時四十五分スタート　ダート千六百メートル（外回り）（九頭）　迎春賞（げいしゅん）　B二（二）　サラブレッド系　一般　別定（特別競走）

太陽は馬場右向こうに見えるビルディングの奥に沈み、その残り火のようなオレンジ色の薄雲が西の空に広がっている。日没を待っていたかのように冬の冷気が場内を包み始めている。

山下は帽子を被り、ウィンドブレーカーのチャックを首まで上げた。内村もコートのボタンを留め、襟を立てた。

しかし場内には人が増え、周囲も賑やかになっている。いよいよ今日のメインレースが始まるからだ。出走馬はBクラスなので実績があるし、時計も速い。緊迫するレースになりそうだ。

「洋ちゃん、さっきの話を蒸し返すようだけれど、平塚やボーボワールが声高に訴えていた男女同権とか男女平等というのは、子供たちの間では問題になっていないよね」

「遊びや習い事の場合、俺たちの時代は男の子と女の子でハッキリ分かれていたよ。でも今は女の子が野球やゴルフやサッカーをする時代だから、学校を卒業するまでは男の子と女の子が男女の不平等を経験することはないだろう」

「そう考えると、社会人になった途端、女が不平等に直面するというのはおかしいね」

「たしかに言われてみればそのとおりだ。職業だって女にもどんどん道が開けている。女のトラック運転手や競馬の騎手もいるし、寿司屋の板前だっている。女の医者や弁護士も増えている。数はまだ少なくても企業に女の部長や役員もいる。つまり職業による男女の差別はほとんどなくなってきている」

「それなのに女の方からはガラスの天井にぶつかるとか、ガラスの壁に阻まれているという声が絶えない」

「さっき言った運転手や板前や弁護士などはいわば個人営業だから、男女の差別が実質的な問題にはならない。ところが大きな会社だと仕事が一般職と総合職に分かれているから、一般職に女を採用するのがふつうになっている。まあ中小企業でも状況は同じだ。そこに問題があるな」

「面接をするときだって、技術職でもなければ、採用する側が女に期待することは限られているよね。接客が仕事になったりもする」

「女が職場の花と言われるのもその程度の理由でしかないな」

「つまり男は今でも女を昔と同じように半人前として扱っているんだね」

「だから女が結婚を機に退職することを寿退職と言ったりするんだ。あれは女が結婚したら退職するのが当然だと思うような意識が男にあるからだし、女を一人の会社員として評価をしていない証拠だ。昔ならともかく、今はそういう時代じゃないだろう」

「女が会社を辞めないで共働きをするとしても、いずれお腹が大きくなれば、そのときまた当然辞めるだろうと思われるよね」

「産前産後に休暇を取ることや育児休暇が認められていても、それが女の権利だという意識は薄いからな」

「妊娠自体男にも責任があるにも拘わらず、いざ女が産休を取ろうとすると、これだから女は当てにならない、と平気で言う男が未だにいるんだもの。渥美清の『男はつらいよ』は喜劇だけれど、本当に女もつらいと思うよ」

「結局は意識の問題だな。外で働くことってもう特別なことじゃないんだ。それに会社員ならみんな三十年から四十年働くんだぜ。長い目で見れば、女が産休で半年や一年休んでも実際には大したことはないじゃないか」

「でもさ、洋ちゃん。現場にいて、女が産休を取ると、男はつい仕事が滞ると思ってしまうんだよ。実際にそれで事業が停滞することなんてないはずなんだ。会社は組織として動いているのだから、歯車を一つ交換しても動き続けるのが組織じゃないか」

「真ちゃんも中々言うね」

「だって周りに無能な男が多いからだよ。まあこれは男に限ってではないけれど、要は仕事にどう取り組むかだろう」

「そうだよな。零細企業だと、従業員が一人病気になったりしても困る。これは男でも女でも関係ない。組織が大きくなれば責任が分散されるから、その意味で一人一人が無責任になっているかもしれないな」

「結局仕事で成果を出すのは個人の資質によるけれど、男が初めから女を差別していれば、女が一定の成果を出しても、それ以上は期待しないし、実際に女がそれ以上のことをすれば、男は警戒してしまう」

「自分の立場が脅かされると思うからな。最初から女を戦力と考えていれば、成果だってもっと上がるはずだろう。情けない話だけれど、自分の身を守るために男は女を飾り物として見ようとするんだ」

「福沢さんはきっと泣いているね」

「その観点からだと、時代はちょっと遡るけれど、ゲーテも男尊女卑だったような気がする」

「ドイツの文豪ゲーテか？」

「そう」

「でもゲーテは女をたたえる詩も書いていたような気がするよ」

「シューベルトが歌曲にした『野ばら』は、ゲーテの詩で、彼が牧師の娘に恋をして作ったものらしい。これは小学校のときに俺たちも歌っている。彼は小説も書き、五千篇もの詩も成している」

「すごいね」

「だから彼は近代の詩聖とも言われている。多作だったからだと思うけれど、彼の言葉はたくさん名言になっている。たとえば、

〝**人生において重要なのは生きることであって、生きた結果ではない**〟

なんてね」

「言い得て妙だね。中俣さんの俳句を思い出すよ」

「だから活躍の後が老いるだけではダメなんだ」

「さっき洋ちゃんが俳句の話をしたのは、それを意識していたからなのか？」

「実を言うと、ゲーテの名言は今思い出したばかりだ」

「行き当たりばったりの話をされても困るけれど、僕は鷹揚な性格だから、洋ちゃんの見識は高いということにするよ」

「参るな。まあそれはそうと話を元に戻そう。ゲーテは自叙伝の『詩と真実』の中で、

〝**女性には、家の中でほんとうに魅力的な女性と、戸外の方が輝いてみえる女性と、二通りある**〟

と言っている」

「家庭を守る女と外で働く女と分けているのか」

「ゲーテが生きていたのは今から二百年ほど前のことだ。あのころは女王や女帝がいたとしても、まだ女が社会的に進出をしている時代じゃない。彼の父方も母方も相当裕福だった。そういう背景を考えると、家の中にいる女とは、単なる母親とか家政婦などではなく、すでに結婚している女、つまり奥さまとか何とか夫人などと呼ばれ、一家を仕切っている女のような気がする。外で輝く女とは社交界に出ている未婚の女じゃないのかな」

「洋ちゃんの解釈が正しいとすれば、ボーボワールや平塚はゲーテが女を蔑視していると言って怒っただろうね」

「街中で物を売ったり、農作業をしたりしている女は、ゲーテの眼中になかっただろう。いくら彼女たちから間接的に生活上の恩恵を受けていたとしてもね」

「ゲーテが重視していたのは才気と色気だけで、そういう女は多分絹の服や宝石で着飾っていて、文学や芸術の話をするんだろうね」

「八度も結婚しているらしいから、彼が女を蔑視していたとは俺も言わないよ。ただ彼は権力とか地位とかがある環境にいる女だけを見ていたような気がするんだ。俺は、未婚だろうと既婚だろうと、仕事をしていない女に魅力があるとは思えない」

「洋ちゃんが言う仕事をしていない女って、主婦も含むのか?」

「主婦は含まないよ。専業主婦でも家ですることはたくさんある。昔は三食昼寝付きだと言って馬鹿にされたこともあったけれど、それこそ男尊女卑の名残りだ。主婦が料理、洗濯、掃除、買い物など本気ですれば、終日忙しいはずだ」

「洋ちゃんの言い方は面白いね。本気ですればと言ったのは、買い物や料理でも手を抜いたり、宅配を利用したりすれば、時間が短くて済むという意味だろう」

「それもある。料理をていねいに作ったり、隅々まで掃除をしたり、片付けものをしたりすれば、すごく時間が掛かるからな」

「じゃあ今の世の中に仕事をしていない女なんていないじゃないか」

「古い言い方だけれど、有閑マダムくらいかもしれない」

「僕たちがそんな女に出会うことはまずないね」

「多分そうだ。ただね、真ちゃん。俺が最近よく思うのは、専業主婦でも何か手に職を付けた方がいいということなんだ」

「主婦は忙しいと今言ったばかりじゃないか。時間をどう工面するんだ?」

「子育てをしているときに他の仕事をするべきだと言っているんじゃないよ。子供の手が離れそうになったら、少しずつ時間を見つけて資格を取ったり、近所で働き始めたりすればいいということさ。それが後々主婦の精神的な支えになり、生活を充実させる手段になるような気がする」

「そうかな。うちのカミさんなら嫌がると思うよ」

「もちろん強制するようなことじゃないさ。あくせくするより気楽に暮らしていくことも人生だ。ただね、日々の生活に刺激をもらおうと思えば、外に出る機会や人と接触が多い方がいいだろう」

「それも面倒くさがるんじゃないの?」

「でもね、自営業や農業や漁業などをしている人なら、歳を取っても、何となくうまく時間が使えそうだと思わないか?」

「それが専業主婦とどう関わるの？」

「俺は例を出そうとしているんだ。自営業や農業などの場合、月曜日から金曜日まで毎日九時から五時まで働いて一日が終わるというわけじゃない。でも彼らの場合、夫婦は基本的に共同作業をしているじゃないか。しかもその作業に年齢制限がない」

「あっ、分かった。洋ちゃんは定年後に奥さんと一緒に何か仕事をしたいんだろう？」

「そういう意味じゃないよ。ときどきテレビが七十歳を超えている海女さんの漁を放送するじゃないか。あれを見ると、理想の生活の一つがそこにあると思うんだ。海女さんたちが自分の仕事に自信を持っていることは間違いない。さあ潜るぞというときは、できるだけ大きな貝をできるだけたくさん獲ろうと気を引き締める。そしてその都度、何らかの成果を上げる。多分あの海女さんたちだって、引退しようと思えばいつでもできる」

「三十代四十代なら家計を支えなければならないという切迫感があるはずだけれど、そういう年代なら生活に困ってはいないだろうね」

「彼女たちにとっては、潜ることが趣味みたいになっていて、それが生活を楽しむことに繋がっていると思うんだ」

「自分の生活に刺激を求めるという意味なら、小遣い稼ぎにもなるので、それはいい手段だよね。でも洋ちゃんはなぜそんなことに固執するんだよ？」

「俺は一般的なことを言っているんだ。会社員で退職すると、抜け殻のようになるとよく言われるじゃないか。毎日出勤するという枠組みが崩れ、生活に緊張感がなくなる。これまで築いてきた価値観が、退職したとたんにスッと消えてしまう。誇りを失った夫は、家で粗大ゴミになるだけだ。そのとき専業主婦としての妻の意識が二十数年も沈んだままだったらどうなるよ？」

「沈んだままってどう言う意味よ？」

「給料を運んでくるだけの夫には何も期待をしていないということさ」

「そういう状況なら、妻だって自尊心を失くしかけている夫を支えようとは思わないってこと？」

「実際にはそれだけでは済まなくなる。妻にとって夫が邪魔になる」

「さっき言ったとおり粗大ゴミ化するわけね」

「この粗大ゴミは、廃品回収では片付けられないんだぜ」

「当然だよ」

「しかもこのゴミは、妻がそれまで自分の城だと思ってきた家庭の流れの方向を変えたりもするし、止めたりもする」

「夫が毎日家にいるからか？」

「そうだよ。土日だけならまだしも、毎日ずっと家にいるんだ。妻にはそれが苦痛になる。だから専業主婦をしている妻は、その苦痛から逃れるためにも、自分を見つけ、自分に自信を持つことができることを事前に模索しておくべきなんだ。そうしないと夫婦関係が破綻するだけでなく、自分も苦しんでしまう」

「つまり洋ちゃんとしては、自分が完全に仕事を辞めてしまうとき、奥さんにすがりたいんだ。だから頼ることができる奥さんになって欲しいんだろう」

「真ちゃん、これは一般的な話だってば。夫が退職した後の時間を夫婦二人で生き抜くための知恵だと考えて欲しいな」

「単に自分を支えてもらうために奥さんを利用するだけじゃないか」

「夫婦が和気あいあいなら、そんなことを考える必要はないし、夫の考え方がしっかりしていれば問題はない。二人がそれぞれの趣味に没頭することもできるだろう。でも俺たちには趣味らしいものがないので、朝日先生が言っていた三つのことを書き出して、それを実行しようと話したじゃないか。あのとき俺たちは自分のことだけを考えていたので、妻としての立場には目を向けなかった。それに気が付いたから、妻の立場のことも考えてみたんだ。そうすると、あの海女さんとか自営業のような生活があればいいし、そうでなければ、妻にも趣味や仕事があった方がいいと思ったわけ。いずれにしても夫や妻が退職した後、夫婦が単に空気のような存在になると、お互いに困るだろう」

「空気みたいなと言っても、悪い意味だけじゃないと思うよ。すぐ側にいてお互いに同じ空気を吸うと考えたらどうなの？」

「真ちゃんのように前向きな考えをすることができれば問題はない。それが良い関係を長い間続けるコツだろう。ただしどんな生活をしていたとしても、夫婦のどちらかが先にこの世から、さようなら、をしてしまう。そのとき残された方はがっくりと気落ちする」

「だからどんな形でも葬式をした方がいいと、昼前に話をしたんだよね」

「当座はそれで気が紛れるからな。問題はその後だよ。俺がさっき言ったように、夫も妻も何かしら仕事をしていたり、趣味に没頭したりすることができれば、連れ合いに先立たれても有意義な時間を過ごすことができる。それがないと、心の中の虚脱感と同居するだけの生活になる」

「たしかにそうだね。新聞を読んでも、テレビを見ても、ご飯を食べても、まるっきり独りだけだと味気ない。僕が週末に家にいて、たまたまカミさんが出掛けると、気が楽になることもある。でも何かの拍子にカミさんに声を掛けたりして、あっ、いないんだったな、と思うと気が抜ける」

「話し掛け、話し掛けてくれる相手がいないと、相槌を求めることも相槌を打つこともできない。それが毎日毎日際限なく続くんだぞ。生活に対する意欲なんてなくなってしまう。これって俺が実際に近所や実家の方で見たり聞いたりしていることなんだ」

「独りで残される方が本当につらいだろうね」

「つらいと言えば、紫式部が書いた『源氏物語』があるだろう」

「主人公になった光源氏の女関係は本当に派手だ」

「何人もいた女の中で、源氏が一番心を魅かれていたのが、紫の上で、夫婦生活が最も長かった」

「葵の上、明石の君、夕顔もいたよね」

「紫の上が亡くなったとき、もう五十歳をすぎていた源氏の心の痛手は大きかった。あの物語は和歌で心情を表現するから、彼も歌を詠んでいる。

〝**大空を通ふ幻夢にだに見えこぬ魂(たま)の行方たづねよ**〟

幻は祈祷師とか修験者のことで、魂とは紫の上のことだ。だから源氏は夢の中でも会えない紫の上の消息を伝えてくれと、祈祷師などに願っていたという歌なんだ。つまり彼はあの世でもう一度紫の上と夫婦になりたいと願っていた」

「紫式部は来世を信じていたんだね」

「物語としてはそうなるだろうな。でも彼女自身の考え方についてはそう断定できないかもしれない」

「どうして？」

「彼女はあれだけの長編小説を書く能力があった人だよ。物語の中では何人もの登場人物が亡くなっている。極楽や魂という言葉を使っていても、人の死についてはもっと現実的に捉えていたような気がするな」

「それはおかしいよ」

「どうして？」

「六条の御息所は生き霊にも死霊にもなったじゃないか」

「でも夢にも現れない魂と書くくらいだから、俺は逆に紫式部が来世を信じていなかったような気がする」

「それは物語の中の歌だから根拠にはならないよ」

「じゃあ、もう一つ例を挙げさせてよ。紫式部は、紫の上を失った八月から翌年の十二月まで、源氏のつらい心情について長々と描いている。その間、源氏は何度も出家しようと考えている。これは現世から逃れたいという気持ちの表れだ。しかし源氏は出家により現実から逃避していると世間から見られることを嫌い、出家しないんだ。そして年が明けたら出家しようとやっと決心する。ところが次の年となるべき雲隠れの章には何の記述もない」

「源氏が死んでしまったんだよね」

「一般的な解釈だとそうなり、出家したとは考えられない。出家するということは世俗を離れ仏門に入るということだろう？」

「うん」

「つまり極楽に近づくような生活をするということだ。ところが紫式部は源氏を最後まで出家させなかった。俺はそこに彼女の来世に対する考え方があるような気がする」

「それは物語としての演出じゃないの？　その雲隠れの章にあえて何も書かなかったことと同じ手法の一つだろう」

「なるほどね。それはあるかもしれない。ただ俺としては、出家という行為とその後の生活振りなどを彼女が実際に見聞きしていて、ある種の危うさを感じ取っていたからだと思う」

「危うさって何だよ？」

「つまり出家をしても、本当に悟りを得るとか得たとかいう生活なんてできないだろう。例外はあっても人間の業からは中々逃れられない。それが現実だ」

「俗世間への執着は断ち切れないよね。死刑囚になってもそれは難しいはずだ。洋ちゃんが言っていたインドのタゴールだって、歳を重ね、病気か何かで体が弱ったからこそ、世俗の欲望から距離を置くことができたんだろう」

「人間は感情の生き物だぜ。出家して衣食住だけが整っていても、ふとしたことから俗世間への未練が出るはずだ」

「僕はもう来世を信じないから、彼女の立場がどっちでもいいよ」

「まあ来世についての紫式部の立場はさて置いても、配偶者に先立たれる苦しみはいつの時代も同じだよ」

「いくら空気のような存在だといっても、声を掛ける相手が側にいなくなれば、がっくりするのは間違いない」

「真ちゃん。そのがっくりする現実については、神奈川新聞にこんな俳句があった。

〝**さくら咲く生者は死者に忘れられ**〟

「生者が死者に忘れられる？　洋ちゃん。それはどこかおかしいよ。死者は生者に忘れられじゃないの？」

「違うね。さっき言った源氏が詠んだ和歌の心情で捉えてみなよ」

「…」

「この句を紹介した俳人の小川軽舟は、〝この世を忘却して死者は安らかになれるのかもしれない。それでも生者は死者を思い続けるのだ〃と書いている」

「そうか、源氏と同じ気持ちだね。紫の上は他界して安らかな気持ちになっているかもしれないけれど、残された源氏は哀惜の念で苦しみ続けている。その作者も別れを経験したわけだ」

「作者は西村和子という俳人で、夫を失っている。俺はこの句に魅かれたからすぐ覚え、何度も自分で口ずさんでみた。そして、〃死者に忘れられ〃という短い言葉が、いろいろな気持ちを含んでいることに気が付いた。亡くなった夫は、私を忘れているんだろうか。それとも忘れてくれと言っているんだろうか。私は夫を忘れるんだろうか。私の残された人生には、忘れることが必要なんだろうか。忘れないとは悲しさを抱き続けることなんだろうか。悲しむとはどういう意味なんだろうか。桜は季節を忘れずに咲くけれど、私は毎年どうすればいいのか、桜を見て夫を思い出すだけでいいのか、というふうにね」

「夫婦か…。紫式部も西村さんも、来世を特に意識しているというより、現世の別れをどう捉えるかで格闘したような気がする。しかし夫婦の場合、どちらかが先に逝くようになっている」

「二人同時に交通事故に遭えば別だけれど、世の中はそんなにうまく行かないからな」

「洋ちゃん。歌舞伎の世界には遊女と男が二世を契るために心中する話がいくつかあるよね」

「人形浄瑠璃と歌舞伎が心中を扱っている。『曽根崎心中』では徳兵衛と遊女のお初が、簡単に言えば、来世では幸せになろうと誓って心中する。これは実際にあった事件に基づいて近松門左衛門が書いたものだ。彼らはお互いに愛し合っているが、邪魔が入る。さらに男の方に難題が持ち上がる。自分たち二人が直面している問題を解決することができないと考え、心中することにした。二人とも同時に命を絶つので、残された一人が悩むことはない。しかし彼らの場合、今まで俺たちが話していたことと決定的に違う要素がある」

「何よ？」

「だって彼らは死ぬ時点でも夫婦にはなっていなかった。親密な関係にある男と女でしかない。この違いは大きいと思わないか？」

「夫婦について話をしていたのに、話を逸らして悪かったね。結局夫婦どちらかが先立ち、片方が取り残されて天涯孤独になる。さっき洋ちゃんが言っていた心構えをしておかないと、がっくりするだけになるよね」

「真ちゃん、すぐに天涯孤独になると諦めてはダメだよ。再婚という方法があるじゃないか。俺は高齢者の再婚を否定する必要はないと思う。ただし、再婚しても片方が先立つという現実を否定することはできないけれどね」

「そこまで色気を出すよりも、僕は孤独を楽しむようにしたいよ」

「それってわざと自分を世の中の隅へ追いやるようなもんだろう。特に努力をしなくてもある程度は孤独を避けることができるよ」

「老人ホームに入ったりすれば、の話だろう」

「方法はそれだけじゃない。若いとき子供をたくさん作り、子から孫へ、孫からひ孫へと家系を広げるようにすればいいんだ。」

「この歳になってそれはもう遅すぎるよ」

「いや、俺は理想的な流れを言っているんだ」

「じゃあ洋ちゃんは、仮に奥さんが先立ったとしたら、子供や孫に面倒を看てもらうつもりなのか？　家族を増やすのはそのためなんだろう？」

「自分で生活ができる間は、面倒は掛けないつもりさ。二世代や三世代で同居できればいいけれど、今の時代、そんな大きな家は建てられない。俺が言っているのは、子供や孫の顔を見に行ったりすれば気が紛れるし、みんなのために自分ができることがあるはずだろう。それこそゲーテが言った生きることで、そういう役割を果たせば、完全に孤独にはならないということだ」

「子供たちは親をうるさがるから、現実には孤独に耐えるしかないよ」

「俺はその考え方がおかしいと思うんだ。それは年寄りに何の価値もないということと同じじゃないか。年寄りはいろんな面で強情かもしれないけれど、人生経験は豊かで、知識もたくさんある。仲俣さんの句のように活躍した実績もある。だから年寄りが自信と誇りを持っていれば、子供や孫たちも年寄りから多くのことを学ぶことができる。お互いがそういう意識を持っていれば、年寄りが子供たちの生活の邪魔になることはないはずなんだ」

「今度は洋ちゃんが前向きだね」

「孤独を避けることを目的にすると本末転倒になるけれど、要は大きな家族を作り、家族の絆を広げていけばいいんだよ」

「今の時代、少子化社会になっているから、それは無理だよ。しかも価値観の多様化が若い人の意識を変えている。結婚しても晩婚と高齢出産が多ければ少子化を止めることはできないし、結婚しないのも個人の自由になっているじゃないか」

「そこが戦後に押し付けられた憲法の欠点の一つだ」

「何で急に憲法が出てくるの?」

「旧民法では結婚するとき戸主の承諾が必要だった。個人主義を前面に出すアメリカの押し付けがあったから、現行の憲法二十四条では、婚姻は両性の合意のみに基づいて成立するとなったんだ。個人の自由を尊重するのは当然のことだよ。しかしこの改正で日本の伝統が破壊されている」

「洋ちゃん。今度は誰の受け売りなの？」

「バレたか。元立命館大学教授だった加地伸行さんだ。加地先生は、第二十四条を制定する過程で、家の存在が軽くなったと言っている。今の民法には何も定められていないけれど、旧民法二百五十一条は、家督相続で戸主となったものはその家を廃することができないとしている。逆に言うと、戸主には家を守る義務と責任があった」

「現実にはみんな自分の生活を守ることに汲々としているから、家を守る意識なんてないよ」

「だからこそ、家を守るという意識がなおさら大切になるんじゃないか。俺だって結婚に親の承諾は必要ないと思う。ただし両親のうち一人の承諾を形式的な手続きとして残すことに意味があると思うな」

「どうして？」

「親の意志と家の存在を尊重するという意義が出てくるじゃないか」

「親には歳相応の知恵があるので、変な奴が結婚相手として現れたら反対するよね。でも形式的な承諾なんてどうにでもなるだろう。父親が反対しても、母親が賛成すればいいだけのことじゃないか」

「現実にはそうなるけれど、文言の意義がなくなることはない。それを切っ掛けにみんなが家を存続させなければならないと考えれば、若い人の結婚に対する意識だって変わってくるはずだ。親が亡くなり、相続が発生したときだけ家のことを思い出すのはおかしいよ」

「家と結婚を再認識しても、子供ができない夫婦はどうするの？　家は絶えるだろう」

「今の時代、医学的に何とか子供を産むこともできる。それが無理でも養子縁組だってできるんだ」

「たしかにその選択肢がなくはないね」

「家に対する意識が強ければ、加地先生が嘆いているような親の葬儀をしないとか、若い親が幼児を虐待することも減るはずだ」

「結婚について憲法がおかしいと言った加地先生の意図はそこにもあったのか？」

「彼は中国の哲学史や論語の専門家だから、家に対する思い入れも人一倍なんだと思う。ただし彼は家を大切にとは言わず、家族主義を大切にすると言っている」

「今となっては僕たちにできることは何もないよ」

「俺たちは気が付くのが遅かったということだ」

「洋ちゃんは本当に寂しがり屋だね」

「どうして？」

「だってさっきからの話は結局自分が独りになりたくないということだからだよ」

「そうかな」

「そうだよ。夫婦の繋がりの話も行き着くところは同じじゃないか」

「俺は独りで酒を飲むのも嫌だから、真ちゃんが言っていることは当たらずとも遠からずか」

「洋ちゃん、もう素直に認めたらどうなの？」

「分かった。認めるよ。結局のところ、これから何をするかも大切だけれど、もっと重要なのは誰と何をするかの方だってことだ」

「自分に対し毎日何かをしなければならない、何かをするんだという意欲を持たせることはもちろん大事だよ。でもさっきから洋ちゃんが言っていることはすべて自分が誰かと関わりながらという脈絡でのことなんだ。だから夫婦の話になり、子供や孫や家族の話が出てくるんじゃないか」

「うん」

「その意味でも僕たちに必要なのは朝日先生が言っていた三つを書き出すことなんだよ。ただし、すべてを退職後や最期を迎えることに繋げる必要はないんだ」

「どうして？」

「だってゲーテが言った重要なこととは生きた結果じゃないだろう。生きること自体なんだから、それを退職後とかに分けて考えることが間違っているよ」

「俺の方が情に流されてしまったみたいだな。どこで方向を間違えたんだろう」

「僕が現実主義者で、洋ちゃんがロマンチストだからだよ」

「俺だって現実を直視しているさ。でも真ちゃんには一本取られたよ」

「じゃあ自分を取り戻したんだから、これまで買ったニンジンも取り戻すように努力をして欲しいな。今から始まるのはメインレースだよ。騎手と馬の実績を真剣に検討し、これから先も夢が広がるように馬を選び、レースが終わった後の飲み会を豪華にしてよ」

「分かったよ。今度は堅実にやる」

場内がざわめいている。メインレースの締め切り三分前だ。二人は券売機へ急いだ。


人気は三番ザグ、五番ヒュームウッド、七番ブートキャンプで割れた。山下は三番と七番をワイドで買った。内村は素直に三番、五番、七番を三連複で買った。

結果は一着三番左海誠二のザグ、二着五番酒井忍のヒュームウッド、三着七番張田京のブートキャンプだった。

山下の千円は三千円の配当となり、内村の千円は七千五百円になった。

第十二レース　曙光

午後五時二十分スタート　ダート千六百メートル（外回り）（十二頭）　初日の出（はつひので）特別　Ｃ二（一）　サラブレッド系　一般　別定（特別競走）

いよいよ最後のレースだ。

晴天に恵まれた元日が夜の帳を降ろしている。しかし場内はたくさんのライトで照らされていて明るい。観客の熱気が冬の冷気をしばし遠ざけている。

山下と内村だけでなく、周囲の観客も何となくざわめいている。元旦に出掛けてきているので、みんなの表情には最後のレースを取って帰ろうという意気込みが見える。

三十分後にはそのレースも決着する。

「真ちゃん。これまでの成績はどうなんだ。さっきの三連複で相当浮いたんじゃないのか？」

「あれで少しは楽になったよ」

「良かったな。堂々と奥さんのところへ帰られるじゃないか」

「それはダメだよ」

「どうして？」

「財布がぶ厚くなっていればまだしも、飲み代が出たくらいで勝ったとは言えば、来月の小遣いに響く」

「そうか。どこでも同じだな。まあまあだったことにしておかないと後で困る」

「洋ちゃんはどう？」

「俺はダメだよ。何とかこれまでの負けを取り戻しただけだ」

「今回は先に馬券を買ってこようよ」

「そうしよう」

最終レースの人気は一番バルセロナ、三番マンツーマン、十一番ジュノベーゼ、九番のタワーオブバベルの順となっている。

山下と内村は券売機へ向かった。山下は三番の複勝を二千円買った。収支がトントンになるぎりぎりの状況なので、手堅くいくことにしたのだ。一方の内村は九番の複勝を二千円買った。外れても今夜の飲み代は充分なので安心している。

二人は席に戻った。

「洋ちゃん。さっき福沢の話をしたときに『論語』に触れただろう」

「ああ、夫婦別ありは孔子の言葉だからな」

「それで思い出したけれど、孔子か孟子が、

〝**明に道を聞かば、夕べに死すとも可なり**〟

と言っていたよね」

「孔子の言葉だよ」

「今日は妙なことばかり話してきたなと思っていたら、ふと、その言葉が頭に浮かんだ」

「尊厳死とか身辺整理や来世を話題にしていたから、その言葉はどこで出てもおかしくなかったな。むしろ遅すぎるかもしれない」

「あの教えを文字通りに解釈すれば、朝、人としての道が分かれば、夕方に死んでも心残りはないということになる」

「そんなものだ」

「僕たちはもうすぐ定年を迎える。先が読めないので、少し不安になっている。こういう状況で孔子の言葉を言い換えると、定年後にもう一度生き甲斐を見つけ、それを実行していれば、たとえ寿命が尽きる前に突然斃れることがあっても、僕たちは胸を張って生きてきたんだと納得できる。そういうことだよね」

「真ちゃんは、もう孔子や仏の境地に近づいているみたいだな」

「人徳に加え、知性の内村だからね」

「でも、ヘッセが言ったように、まだ早すぎるよ。今じゃないんだ」

「分かっているさ」

「そのおごそかな流れに竿を差すつもりはないけれど、一つ付け加えた方がいいかな」

「何よ？」

「実を言うと、論語のあの言葉には、今でも二つの解釈がある」

「もう一つの解釈は何なの？」

「孔子は君主など権力を持つ人に対し、理想的な統治や人間関係に導く道を説いていたんだ。でも私利私欲に惑わされていた当時の権力者はその教えを実行しなかった。理想に対し現実はままならなかったわけさ。そういう状況を情けないと思った孔子がつぶやいたのがあの言葉だったとも言われている」

「人生に対する心構えを強調したのではなく、周囲に対する失望感を表したということか？」

「権力者に気概がないから、しっかりしろ、批判を恐れるな、と言いたかったんだろう」

「言い換えると、骨は拾ってやる、という感じだね」

「後世の人は分かりやすく高尚な意味合いがある解釈を好んだということだろう。それに死という強い言葉が聞き手の胸にグサッとくるからね」

「洋ちゃん、ほんのちょっとだけ死期の話を蒸し返させてくれよ」

「今日の言い出しっぺは俺だから、拝聴するよ」

「神道について話したときと同じで、死期が来たら、僕はそれを大きな時間の流れとしてそのまま受け止める。ただし僕はまだしたいことがたくさんあると思いながら最期を迎えたい」

「悔しいとか嫌だとは思わず、また明日が来れば何かしたいという意味だろう？」

「そう」

「体が動くことが前提だけれど、一日生き延びれば、その一日は美味しいものを食べ、うまい酒を飲むだけでなく、家族や世の中のためにも何かをすることができるからな」

「お迎えのことは堅苦しく考えないで、ちょっとひと休みをするか、という程度に考えるべきじゃないかな。洋ちゃんが今言ったように、目が覚めたら自分だけでなく家族を含めた他人のことも考えるという心の余裕も欲しい」

「長々と話しているうちに、俺もそれでいいと思うようになったよ。来世があるとかないとか考える必要もない。お迎えを単にひと休みだと思えば気が楽になる」

「その意味ではフランスのデカルトが〝我思う、故に我あり〟なんて言い出すから、我がないとはどういうことかと考え、僕たちは怖くなってしまうんだよ」

「真ちゃん。デカルトは十七世紀に生きた思想家だから、俺たちが彼の言葉をここで死後のことに結びつけるのはちょっと強引だよ。俺たち凡人は、我深く思わない、だから我あり、としたいな」

「その後に続けて、故に我欲しがる、はどう？」

「いいね。デカルトが偉大な哲学者だとしても、大事なのはゲーテが言ったように今をどう生きているかだからな。俺たちには実在がどうとか、確実な観念がどうとかは関係ない」

「デカルトも罪作りだね」

「あの有名な言葉は、彼が書いた方法序説という本に出てくるんだ。その冒頭で彼は、良識はこの世で最も公平に配分されているものである、と書いている。俺たちは世の中にその良識があるからこそ、人生を楽しむことができる。彼を非難するのは筋違いだ」

「でも最近は良識を無視する輩が多いから困る」

「たしかにそうだな。面白いのはあの本が方法序説と日本では翻訳されていることだ」

「論理的な思考方法について書いた本だから方法序説でいいじゃない」

「考え方の筋道を付け真理を探究するための本だから、日本語訳は正しいよ。ただね、序説と翻訳されている原語の Discours には、長ったらしい話とか空言という意味もある。だから面白いと言ったんだ」

「なるほど」

「俺たちはもう五十数年生きている。物心ついてからも四十年以上になる。酸いも甘いも噛み締めてきたと思っているけれど、現実にはまだまだ経験していないことが多いと思わないか?」

「そう言われてみるとそうだね。子供じみているかもしれないけれど、観たい映画なのに観ていないのがあるし、旅行に行きたい場所もたくさんある」

「食べていない名物もあるし、飲んでいない銘酒もある」

「洋ちゃんが言うと、居酒屋巡りだけがまだ完結していないみたいだ。もう少し大局的に考えられないの?」

「どっちもどっちじゃないか。いずれにしても俺たち庶民はチマチマしたことにも楽しみを見つけられるという微笑ましい存在だと思わないか?」

「そう考えると楽だね」

「食べ物や飲み物は、真ちゃんが似たようなことを言ったので、付き合っただけだよ。豊富な人生経験については テレビが一代で財を成した人とか、事業で浮き沈みを何度も体験した人を取り上げる。そういう人たちは例外なく紆余曲折の末に成功している。でもさ、俺たちの生活は他人と比較するもんじゃないよな」

「うん。参考になることはあると思うけれど、誰も同じ状況になるわけじゃないよ。だから他人に頼って、自分の責任を放棄してはダメだよね。今日はちょっと暗い話をいろいろとしたけれど、人生って本当にこれからだよ」

「誰かが言ったような気がするけれど、人生は一人ひとりにとって、大長編小説だよな。考えてみると、のどかだった日も嵐や雨だった日もそれぞれ俺たちの短編小説になっていたんだ。これからも新しい一日が新しい原稿用紙になり、俺たちが自分で書いていく」

「だから仲俣さんの俳句を解釈したときのように、定年を迎えたり、その次の嘱託の仕事を完全に辞めたりしても、それは単に次の章へ移るだけだね」

「うん。一区切り付くと言っても、現実には次の短編小説が待っている。俺たちは自分にとって最終章が始まるとか、最終章を書こうと意識してはダメなんだ」

「最終章を意識するとしても、目を覚ませば、白紙に新しい章を次々と書き込んでいくという意志を持ちたい」

「真ちゃん。俺たちは突然物書きになったみたいだな」

「書いて売れればいいけれど、売れないよね」

「売るために書くんだったら、ウソも入るだろう。自分だけが楽しむ作品にウソを入れたらダメだぜ」

「自分を誤魔化せば自分を失うだろうね」

「せっかく川崎に来ているんだから、白紙とか原稿用紙に書くと言うのは止めて、新しいレースに挑戦すると考えようか」

「洋ちゃん。それはダメだろう」

「どうして？」

「今まで話してきてやっとたどり着いたのは、ゴールを設定しないということじゃないか。それが前提だよ。競馬なら馬がゴールを駆け抜けたときにレースが終わってしまう」

「真ちゃん。俺が言いたいのは、一つのレースが終わったら、次のレースがあると言うこと。ついでに言えば、人間国宝になっている歌舞伎の坂東玉三郎は、芸に通過点はあっても、到達点はないと言っている」

「至言だね。人生も芸だと言えなくはない」

「つまり今日のレースが終わっても、明日のレースがあると考えればいいんだ」

「うまく逃げたね」

「俺は末脚で差す馬も好きだし、逃げ馬も好きなんだ。今のうちはそういう心構えで行く。そしてお迎えが来るときには、ちょっとデカルトさんの真似をして、俺は、〝我生きる、故に我休む〟と言う」

「いいね」

笑顔でそう言い切った山下を見ながら、内村は自分も笑みを浮かべた。そして入院、手術、自宅療養の日々が終わったことと、新しい年を迎えることができたことを素直に喜んでいる。もちろん久し振りに山下と来た川崎の雰囲気も満喫している。

一方の山下は内村を見ながらホッとしていた。元日なのに妙なことばかり話した一日だったが、復帰した彼が競馬を楽しんでいるのを見て安心したからだ。さらに山下は持つべきものは友だちだという想いを強くしている。狙った馬が来ればうれしさは倍になるし、外れたとしても悔しさを自分の腹にだけしまい込まなくてもいいからだ。独りで来て馬券を買うだけなら、自分の周りに何人いても、そうはならない。

「洋ちゃん、レースが終わったら、何を食べようか?」

「温かいものだよな」

「となると、寄せ鍋でもいいね。このレースで勝ったらしゃぶしゃぶにしてもいい」

「豪勢だね」

「少なくともおでんくらいはたくさん食べられるよ」

「じゃあレースの後はもう一度ビールで乾杯しよう。ただし真ちゃんの許容量の範囲内にとどめよう」

「そうだね。僕は乾杯くらいで抑えておくか」

「俺だけ日本酒も飲んでもいいかい?」

「ずるいよ」

「だって気分が好いからだよ」

「一本だけなら許す」

「了解」

二人の笑顔が周囲の熱気に溶け込んでいく。

馬場ではすでに返し馬が終わり、騎手を乗せた馬がゲート付近を歩き回っている。二人はもう一度自分が買った馬券を確認し、二、三度頷いてから遠くにあるゲートの方を見た。そして赤い旗を振るスターターが車の上に立つのを待った。

赤い旗が振られる。アナウンサーは、〝今日の最終レースが始まります〟、と高らかに言い、十二頭の出走馬を紹介し始めた。

奇数馬がまずゲートに入り、偶数馬が続く。そして十二番の馬がゲートに収まる。アナウンサーの各馬揃いましたという声とともに、ゲートがガタンと開いた。

各馬が一斉に飛び出し、走り始めた。山下と内村の視線が収斂する先で、各馬の前足と後足が四拍子と言うより二拍子でしなやかに砂を蹴っている。

勝負は時の運だ。勝っても負けても、明日の朝、陽がまた昇る。

完

参考資料

川崎競馬、出走表、結果、二〇一〇年一月一日

あとがき

このたわごとを書こうと思い立ったのは、多分もう七十八年も前のことだ。切っ掛けが何だったのかは思い出せない。しかしこれまで書いてきた短編と同じく、書き上げた後、自分としてはスッキリとした気持ちになっている。と同時に、自分は何と多くの人々にお世話になってきたのか、という感慨深いものがある。お礼の意味で五人まで、いや、十人くらいはここに名前を書かせてもらいたいとも考えたが、それはあまりにも不遜なことだと気が付いた。だから名前を書くことは止める。

小学生のころに罹った猩紅熱による隔離病棟での生活（注、現在では隔離の要請はない）、三週間の入院と三ヵ月の通院をした盲腸炎、中年になってからの右鼠径ヘルニア手術、定年後のS状結腸癌手術と抗がん剤治療、左鼠径ヘルニアの手術も何とか切り抜けてきた。

これから先も毎日いろいろなレースが待っている。健康のために酒や煙草を少し控えて、と言ってくれる人がいる。しかし自分の人生を彩ってくれるものとは一蓮托生だと考え、新たなレースに臨みたい。

鯖江友朗

平成二十八年七月

鯖江友朗（さばえ ともろう）

1952年、島根県浜田市に生まれる
2012年、定年退職
現在、神奈川県横浜市在住
趣味、酒、煙草、料理、月一の川崎競馬
他の著作：
　短編集『これってあり？』風詠社、2012年
　短編集『これでいいの？』ブックウェイ、2013年
　短編集『これでもいいのかな？』ブックウェイ、2014年
　中編小説『海軍と父と母…絆としがらみ』ブックウェイ、2015年

これってオヤジのたわごと？

2016年7月21日発行

著　者　鯖江友朗
発行所　ブックウェイ
〒670-0933　姫路市平野町62
TEL.079 (222) 5372　FAX.079 (223) 3523
http://bookway.jp
印刷所　小野高速印刷株式会社

ISBN978-4-86584-147-3

乱丁本・落丁本は送料小社負担でお取り換えいたします。